사상 최강의 양손 투수 8 완결

2023년 10월 19일 초판 1쇄 인쇄
2023년 10월 24일 초판 1쇄 발행

지은이 RAS
발행인 강준규

기획 이기헌 왕소현 임동관 박경무 강민구 조익현
책임편집 천기덕
마케팅지원 이원선

발행처 (주)로크미디어
출판등록 2003년 3월 24일
주소 서울시 마포구 마포대로 45 일진빌딩 6층
Tel (02)3273-5135 **Fax** (02)3273-5134
홈페이지 rokmedia.com **E-mail** rokmedia@empas.com

값 9,000원

ISBN 979-11-408-0948-6 (8권)
ISBN 979-11-408-0940-0 04810 (세트)

ROK
MEDIA
로크미디어
사상 최강의
양손투수
RAS 스포츠 장편소설
8
완결

왜 여기서 나와요? 7

각자의 역할 71

양키스의 시간 135

이 정도는 해야죠 197

김신金信 263

왜 여기서 나와요?

공자와 제자들의 어록을 엮은 경전, 논어(論語).

그곳에 이런 말이 있다.

지지자불여호지자(知之者不如好之者).

호지자불여락지자(好之者不如樂之者).

천재는 노력하는 사람을 이기지 못하고, 노력하는 사람은 즐기는 사람을 이기지 못한다.

펠릭스 에르난데스는 처음 듣는 순간부터 그 말을 극도로 혐오했다.

-그딴 개소리가 있다고?

최선을 다해 몰입하고 영혼까지 끌어모아서.

그야말로 자신을 극한까지 몰아붙여야 설 수 있는 곳이 메이저리그다.

그중에서도 마운드에 오른다는 건.

오롯이 스스로의 힘으로 홈플레이트를 꿰뚫지 못하면 그 누구도 도와주지 못하는 그곳에 오른다는 건.

극한의 노력 없이 즐기는 정도로는 결코 도달할 수 없는 위업이다.

재능이야 뭐, 당연히 충족해야 할 조건이고.

씨익-.

그러므로 그가 웃는 건 사실 즐거움에서 기인하지 않는다.

시작은 동향 선배 프레디 가르시아의 조언을 들어서였고.

중간에는 습관이었으며.

지금에 와서는 웃지 않으면 이 마운드의 무게를 견디지 못할 거라는 사실을 알기 때문이었다.

'재밌어.'

어떻게 보면 위선과도 같고.

자기암시나 가면이라 봐도 무방했다.

부러 계속해서 되뇌는 건 그 가면을 깨뜨리지 않기 위한 발버둥일 따름이었다.

그런데.

'진짜로.'

4회 말, 펠릭스 에르난데스는 정말로 오랜만에 선명한 재미를 느꼈다.

이제는 희미해졌던, 공을 던지고 타자와 백척간두의 승부를 벌이는 즐거움이 올올이 느껴졌다.

따악-!

[11구! 또다시 걷어냅니다!]

이유는 잘 모르겠다.

1년 전까지 같은 곳을 바라보던 저 스즈키 이치로와 펼치는, 이 손에 땀을 쥐는 승부 때문일지.

그의 앞에 올라와 무결(無缺)을 부르짖는 적수 때문일지.

또는 그 적수와 함께 동반 퍼펙트를 거두고 있는 현재 상황 때문일지도 몰랐다.

"흐읍-!"

따악-!

[높이 뜹니다! 포수 따라가 보지만…… 관중석으로 넘어가는 공! 승부는 13구로 향합니다!]

[둘 다 지독하군요. 한 치의 양보도 없는 승부입니다.]

그게 아니라면 그냥 우연이거나.

혹은 너무 가면을 오래 써서 가면이 곧 얼굴이 된, 위선(僞善)이 곧 선(善)이 된 상태인지도 몰랐다.

하지만 이유 따위는 상관없었다.

"후우……."

쉼 없이 공을 던지던 펠릭스 에르난데스가 숨을 골랐다.

그의 손이 명백히 상대가 기다리고 있는 공의 그립을 잡았다.

[펠릭스 에르난데스, 제13구!]

중요한 건 지금 이 공을 던지고 싶어 미치겠다는 것.

책임감을 벗어던지고, 조금만 이기적이고 싶다는 것.

잡아먹을 듯 자신을 노려보는 저 타자와 정면으로 대결해 보고 싶다는 것.

그리고.

그래도 절대로 후회하지 않을 것 같다는 사실이었다.

"하앗-!"

기합과 함께 펠릭스 에르난데스의 몸이 약동했다.

왼발이 가슴팍을 치고. 쭉 뻗어나가 땅바닥을 짚었다.

땅에서 파생된 힘이 발을 타고 무릎으로, 허벅지로, 골반으로 휘어 들어왔다.

이어 허리를 타고 오른 도도한 격류가 배와 복근을 지나 어깨로, 상박으로, 팔꿈치로.

마침내 손끝까지 전해졌다.

'지금!'

고도로 고양된 감각이 절묘한 타이밍을 캐치하고.

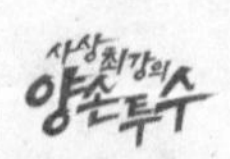

회전을 머금은 흰색 공이 쏘아졌다.

쐐액-!

타이밍을 재던 스즈키 이치로의 눈이 빛났다.

'서클체인지업!'

애타게 기다렸기에 직감적으로 알 수 있었다.

뒤이어 따라오는 한 가지 사실 또한.

'정면 승부!'

노골적으로 타자가 노리는 공을 구사한다는 의미는 그것밖에 없었다.

펠릭스 에르난데스가 던진 장갑을 스즈키 이치로가 흔쾌히 돌려주었다.

"후웁-!"

비슷하지만 다른 레그 킥이 지면을 짓이기고.

같은 원리로 생성된 힘이 하체를 타고 올랐다.

상체의 회전으로 변형된 힘이 팔뚝으로, 손목으로 향했다.

부우웅-!

마지막으로 천부적이라 할 만한 스즈키 이치로의 협응력이 결과를 만들어 냈다.

따악-!

[벼락같은 스윙! 3유간……!]

클린 히트.

날아왔던 것보다 빠르게 공이 반사됐다.

하지만 투수와 타자의 승부 자체는, 그 과정은 오롯이 둘의 역량이 맞으나.

그 결과만큼은 타인의 개입이 가능한바.

[오 마이 갓!]

3루를 지키던 거구가 날아올랐다.

그의 이름은.

[카일 시거-! 펠릭스 에르난데스에게 큰 빚을 지웁니다!]

카일 시거.

스즈키 이치로가 떠난 시애틀 매리너스 타선을 이끄는 존재.

"쯧, 다음에는……."

이겼지만 진 남자가 미래를 기약하고.

"휴우."

졌지만 이긴 남자가 안도의 한숨을 불어 내쉬었다.

그때부터였다.

펠릭스 에르난데스의 투구가 큰 변화를 일으킨 것은.

따악-!

[이 타구가 유격수에게 가서 안깁니다! 유격수 브랜던 라이언, 침착하게 송구! 1루에서 아웃입니다! 스리아웃! 펠릭스 에르난데스 선수가 4회 말까지 출루를 허용치 않습니다!]

유격수 땅볼로 4회 말을 종료시켰고.

따악-!

[1, 2루간! 잡힙니다! 2루수 더스틴 애클리! 1루 토스! 아웃! 손쉽게 첫 번째 아웃카운트를 올리는 펠릭스 에르난데스!]

5회 말의 시작도 땅볼로 열었다.

따악-!

[3유간 관통하지…… 못합니다! 카일 시거! 송구는 1루로 정확히…… 도착합니다! 투아웃! 땅볼 두 개로 순식간에 투아웃이 됩니다! 뉴욕 양키스! 5회 말도 득점 가능성이 희박해졌습니다! 양키스 방망이가 이렇게 맥을 못 추는 건 정말 오랜만에 보네요!]

[그러게 말입니다. 그만큼 펠릭스 에르난데스 선수가 눈부신 호투를 펼치고 있는 거예요.]

그리고 다시 땅볼. 또 땅볼.

그야말로 땅볼의 향연이 양키 스타디움을 물들였다.

-땅볼 오지게 뽑아내네. 원래 이런 투수 아니지 않나?

ㄴㅇㅇ. 원래 땅볼형이라기보단 삼진형이지. 근데 면면만 보면 확실히 땅볼도 잘 유도할 만한 스킬 세트이긴 해.

본디 투심과 싱커라는 변형 패스트볼과 고속 서클 체인지업을 자유자재로 활용한 준수한 땅볼 유도 능력을 가지고 있었으나.

약팀의 에이스로서 땅볼보다는 삼진을 추구하던 시애틀 매리너스의 킹 펠릭스라고 생각할 수 없는 모습.

짧은 우측 담장을 가진 양키 스타디움에 놀랍도록 잘 어울리는 그라운드볼 투수가 마운드에서 빛났다.

핀스트라이프들이 잠시 행복한 상상에 빠졌다.

–핀스트라이프가 잘 어울릴 것 같은데? 어떻게 생각함?

ㄴ잘 어울리기야 하겠지. 근데 시애틀에서 놔 주겠냐 ㅋㅋㅋㅋ

ㄴ2월에 추가 계약 소리 스멀스멀 나오다가 불발됐잖아. 그럼 15년에 FA 아님? 충분히 가능성 있지.

ㄴ글쎄. 지금 던지는 거 봐선 매리너스 프런트가 병신이 아니라면 시즌 중에 추가 계약 안 하겠어?

물론 그 관심은.

–김신이나 빨리 잡으라고 캐시먼한테 클레임 걸어. 왜 최우선 과제를 두고 애먼 데 눈독들이냐.

곧 사라져 버렸지만.

뻐엉–!

"스트라이크!"

92번의 핀스트라이프가.

그라운드볼러든 플라이볼러든, 어떤 유형이건 상관없이 존재 자체만으로도 누구보다 핀스트라이프가 잘 어울리는

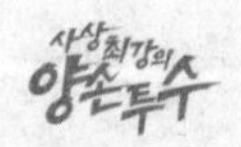

투수가.

다시 양키스 팬들의 시선을 끌어모았다.

뻐엉-!

한 톨도 남기지 않고.

6회 초. 점수는 0-0.

이제는 내려가도 연승에는 상관이 없는 순간.

오랜만에 초심(初心)을 되찾은 펠릭스 에르난데스만큼이나 김신도 기이한 감정에 휩싸여 있었다.

'부모가 돼야 진짜 어른이란 말이 이런 의미였나.'

평소라면 코웃음 쳤을 말에 심각한 공감을 느낄 정도였다.

환희, 부담감, 걱정 등등 수많은 감정이 결합된 기이한 고양감.

경기 시작 전에 캐서린의 임신 소식을 듣고 나서 느꼈던 그 감정이 사라지지 않고 주기적으로 그를 찾아오고 있었으니까.

격렬하게 몸을 움직이다 보면, 경기에 몰입하다 보면 어떤 감정이든 처음보다는 희석돼 약해지기 마련이다.

심지어 웬만한 부담감 정도는 씹어 삼켜 공에 얹을 줄 아는 김신에게는 더더욱 그러했다.

그런데 반대로 점점 강해지는 이런 경우는 맹세코 난생처음이었다.

'신기하네.'

떨치려야 떨칠 수 없는 그 기이한 기분과.

펠릭스 에르난데스와 펼치는 동반 퍼펙트 투수전은 김신을 평소보다 조금.

아주 조금 보수적으로 만들었다.

부우웅—!

[슬라이더에 속아 넘어가는 앤디 차베즈!]

굳이 맞춰 잡으려고 하지 않았다.

투구 수를 관리한다는 선택지는 애초부터 배제했다.

뻐엉—!

"스트라이크아웃!"

[환상적인 커브가 타자의 타이밍을 완벽하게 훔칩니다! 삼진으로 물러나는 시애틀 매리너스의 7번 타자, 앤디 차베즈!]

구위로 윽박지를 만한 상황에서도 한 번 더 생각했다.

물론.

뻐엉—!

그게 김신이 도망가는 피칭을 했다는 소리는 절대 아니었지만.

"스트라이크!"

[102마일! 상단에 틀어박히는 하이 패스트볼에 꼼짝하지 못하는 마이

크 주니노!]

아주 조금은 아주 조금.

자신이 가진 가장 강력하고도 확실한 무기가 무엇인지 명확히 알고 있는데 어찌 그걸 놀릴 수가 있단 말인가.

도망가다가 카운트를 쌓고 자멸하는 건 김신의 사전에 없는 이야기였다.

뻐엉—!

"스트라이크!"

신중하나 남들과는 다르게 신중한.

자신에 대한 믿음을 추호도 놓지 않은 투수가 연신 팔을 휘둘렀다.

뻐엉—!

"스트라이크아웃!"

그 신중한 투구의 결과가, 펠릭스 에르난데스의 피칭과는 전혀 다른 결과가 전광판에 새겨졌다.

13K.

해설 위원들이 목 놓아 소리치고.

[6회 초, 투아웃에 벌써 13삼진! 무시무시한 기세입니다! 멀리 떨어져 있음에도 불구하고 살이 떨리는군요!]

양키 스타디움에 찾아온 핀스트라이프들이 여기저기서

K카드를 흔들어 댔다.

"와아아아아-!"

"Kim Will Rock You-!"

너무 먼 거리 탓에 자리를 함께하지 못한 팬들도 뒤지지 않았다.

-×발! 이게 투수지! 마, 투수는 삼진으로 말한다! 알긋나!

ㄴ그쪽 지방은 티를 내지 않고는 못 배기냐? 김신 서울 출생이다.

ㄴ여기서 그게 왜 나오는데? 미친놈인가;

-얘들아, 근데 Kim will rock you 저거 이제 좀 식상하지 않냐. 새로운 거 전파해 주자. King-sin 어때. 지금 상황에 딱 어울리는 거 같은데.

ㄴ지터 별명 중에 뉴욕의 왕이 있어서 그건 좀…….

ㄴ그게 뭐 어때서. 지터는 뉴욕의 왕. 김신은 아메리칸리그의 왕, 아니, 메이저리그의 왕. 이럼 되잖아.

ㄴ국뽕 오지네…… 라고 하고 싶지만 팩트라서 입 다묾 ㅋㅋㅋㅋㅋㅋㅋ

그 뒤로.

'제발…….'

김신과 같은…… 아니, 김신보다 더욱 복잡한 심경을 가진 여성의 눈길이 달렸다.

본인도 예상치 못한 임신이라는 청천벽력에 혼란스러운 마당에.

안 그래도 막대한 부담감을 견디고 있을 사람에게, 그것도 사랑하는 남자에게 더 큰 부담을 지우고 말았다는 미안함까지 느끼는 여자.

캐서린 아르민이었다.

오늘따라 신들린 듯 호투를 펼치는 펠릭스 에르난데스가 원망스러웠고.

그의 공을 공략하지 못하는 타자들이 야속했다.

'이겨 줘.'

그녀의 다소곳이 모은 손이 아기 아빠의 승리를 기원했다.

그러나 다음 순간.

[어엇! 뭐죠? 브랜던 라이언 선수, 지금 몸에 맞았다고 어필하고 있는 듯합니다!]

[몸쪽에 바짝 붙은 코스였기는 했는데…… 유니폼에 스쳤나요? 느린 화면을 봐야 할 거 같습니다.]

캐서린의 표정이 굳어졌다.

스포츠 경기 중계를 보다 보면 느린 화면, 슬로모션이 왕왕 등장하고는 한다.

인간의 눈으로 판단하기 어려운 순간적인 장면들을 다시 캐치해 분석하기 위함이다.

하지만 그런 기술을 오래전부터 가지고 있었음에도, 그 기술을 판정의 근거로 사용하는 데는 다시 적지 않은 시간이 걸렸다.

부당한 판정을 받은 선수나 팀은 팔짝 뛸 수밖에 없는 전가의 보도가 있었기 때문이다.

오심도 경기의 일부.

그 말로 대표되는, 전통과 권위를 중시하는 꼰대들의 천국 메이저리그에서는 당연히 비디오 판독 도입이 지지부진할 수밖에 없었다.

인플레이가 계속되는 축구처럼 논란의 소지가 있는 것도 아니고, 한 타석씩 끊어 가는 야구에선 전혀 도입에 문제가 없었음에도.

하지만 역사는 변했고.

김신의 대두와 WBC의 흥행으로 메이저리그 사무국은 개혁을 추진할 힘을 얻게 되었다.

그 결과가 뉴욕 양키스와 시애틀 매리너스의 2차전에서 펼쳐졌다.

[챌린지! 매리너스 벤치에서 챌린지를 신청합니다!]

본디 도입됐던 시기인 2014년보다 1년 먼저.

'챌린지'라는 이름의 비디오 판독이 도입된 것.

브랜던 라이언의 격렬한 어필을 시애틀 매리너스 벤치에서 받아들이면서, 경기가 잠시 중단됐다.

[원래 판정은 삼진이었는데요. 브랜던 라이언 선수는 볼이었고, 유니폼에 스쳤으니 히트 바이 피치다. 이렇게 주장하고 있는 것 같습니다.]

관중들의 시선은 전광판으로, 시청자들의 눈동자는 화면으로 못 박혔다.

"그러니까 지금 저 자식이 스트라이크가 아니라 볼이었다고 주장하는 거지? 말이 되는 소리를 해야지! 그게 어떻게 볼이야!"

"뭐, 난 그거까진 모르겠는데…… 적어도 히트 바이 피치는 절대 아니야. 라이언인가 뭔가 하는 저 새끼가 피할 생각 자체가 없었는데 진루는 무슨!"

그들의 눈동자가 세 가지 조건을 찾아 헤맸다.

히트 바이 피치 볼, 혹은 데드볼.

몸에 맞는 공이 성립하기 위한 세 가지 조건을.

첫째, 타자가 방망이를 휘두르지 않았을 것.

몸에 맞더라도 타자가 스윙을 했다면 몸에 맞는 공이 아닌 헛스윙으로 간주된다.

둘째, 타자가 회피 동작을 취했을 것.

고의적으로 히트 바이 피치 볼을 얻어 1루로 나가려는 치팅을 방지하기 위한 룰로, 이 경우 판정은 볼이 된다.

마지막으로 세 번째, 스트라이크가 아닐 것.

스트라이크존에 들어오는 공에 맞았다는 건 어찌 됐든 타자가 잘못했다는 소리다.

이 경우 판정은 스트라이크가 된다.

이 세 가지 조건만 충족되면, 유니폼에 스치기만 해도 몸에 맞는 공이 인정된다.

그러니까 쟁점은, 세 가지 조건이 충족됐느냐 되지 않았느냐에 쏠릴 수밖에 없었다.

정확히 말하면 방망이는 휘두르지 않았으니 자동으로 충족된 첫 번째 조건을 제외한 두 번째, 세 번째 조건으로.

느린 화면을 지켜보던 해설자가 결론을 뱉었다.

[유니폼에 스치긴 했군요.]

브랜던 라이언의 유니폼을 스쳐 지나가는 공이 제대로 찍혔으니까.

하지만 말은 끝까지 들어 봐야 하는 법.

[그런데 이건 상당히 논란의 여지가 있겠습니다.]

흩어지는 해설자의 멘트 뒤로, 다시 한번 슬로모션이 재생됐다.

날아드는 공.

움찔하더니 상체를 살짝 뒤로 빼며 그 반동으로 배를 슬쩍 내미는 브랜던 라이언.

유니폼을 스치는 공.

그리고 가장 중요한 포구 위치까지.

다시 한번 확인했음에도 확신하지 못한 해설자가 천천히 입을 열었다.

[주심의 판단이 중요하겠습니다. 가장 중요한 건 스트라이크/볼 판정인데요. 보더라인에 절묘하게 걸친 거 같긴 한데, 충분히 볼이라고 판정할 수도 있는 공입니다.]

[만약 볼이라고 판정되면…….]

[그러면 이제 브랜던 라이언 선수의 움직임이 회피 동작이냐, 아니냐의 문제가 되겠죠. 이것도 참 애매합니다. 작긴 하지만 움직임이 있긴 했거든요?]

[정리하자면 지금 히트 바이 피치가 인정될 수도 있다, 이렇게 보시는 건가요?]

[그건 아닙니다만, 가능성은 있다는 겁니다. 결과는 주심만이 알겠죠.]

비디오 판독은 심판진의 판단을 돕는 도구일 뿐.

결국 자동으로 판정을 내려 주는 기계를 도입하지 않는 한 판정은 사람의 손에 달린 일이었다.

수많은 눈동자가 헤드폰을 뒤집어쓴 주심에게로 향했다.

그대로 판정을 유지해 삼진 처리하면 슈퍼스타 콜이라는 소리가 나올 게 분명하고.

그렇다고 판정을 번복해 히트 바이 피치를 주는 순간 김신의 팬들에게 사돈의 팔촌까지 욕먹을 게 확실한 상황.

눈을 감은 채 고심하는 주심을 바라보며, 김신은 문득 무언가의 부재를 체감했다.

'BB가 그립군.'

BB. Ball Bot.

2020년대 후반부터 도입된, 자동으로 스트라이크와 볼을 판정해 주는 기계.

원래의 장황하고 긴 이름 대신 많은 선수가 BB라고 불렀던 그 기계가 그리울 지경이었다.

그냥 BB가 스트라이크라고 한마디만 해 주면 끝나는 상황이었으니까. 그걸 확신하고 있었으니까.

물론 BB가 도입되면 반대급부로 심판을 속여 넘기는 행위가 불가능해지는 건 맞지만.

'그때는 또 그때의 방법이 있지.'

도대체 어떻게 기계를 꼬신 거냐며 분통 터뜨리던 과거의 마이크 트라웃을 생각하며.

김신이 슬쩍 상황에 맞지 않는 웃음을 지을 찰나.

마침내 주심이 헤드폰을 벗었다.

그리고.

[아, 판정 번복됩니다! 히트 바이 피치 볼이 인정됩니다!]

[오늘 경기가 어떻게 끝나든 기자들은 신나겠네요.]

펠릭스 에르난데스의 것보다 먼저.

김신의 퍼펙트가 깨어졌다.

⚾

판정이 내려지는 즉시 예상대로 팬들이 광분했다.

"우우우우우우―!"

"WTF! 이게 말이 돼? 저게 회피 동작이라고? 지나가던 개가 웃겠다!"

"심판 자격 박탈해라! 저따위 판정을 내리는 놈이 어떻게 심판이냐!"

차마 김신이 서 있는 그라운드로 오물과 휴지를 던지진 못하고, 살벌한 야유를 쏟아 내는 팬들.

그들만큼은 아니었지만 김신도 치밀어오르는 분노와 억울함을 억제하기 힘들었다.

"후우우……."

애초에 스트라이크라는 걸 확신하고 있었으니까.

제구가 잘된 몸 쪽 공은 타자를 윽박지르고, 카운트를 뺏고, 방망이를 끌어내는 최고의 무기지만.

자칫 제구가 흔들리는 상태에서 던졌다가는 그대로 타자의 목숨까지 빼앗을 수 있는 진짜 살상 무기가 될 수도 있다는 걸 누구보다 잘 알고 있었기에.

애초부터 김신은 위협구를 제외하면 '몸 쪽 볼'을 구사하는 투수가 아니었으니까.

반드시 이기고 싶은 경기에서. 아니, 그걸 넘어 어느 때보다 잘하고 싶은 경기에서의 퍼펙트를 깨뜨리는 오심.

하지만 상황은 벌어졌고, 새로운 타자는 이미 타석에 들어서 있었다.

"후우……."

연신 심호흡하던 김신이 특단의 조치를 내렸다.

"타임!"

이번 생 처음으로, 김신이 스스로 경기를 중단시켰다.

"괜찮아?"

그리고 헐레벌떡 마운드로 찾아와 글러브로 입을 가린 채 걱정을 뱉어 내는 게리 산체스에게.

"게리."

"응?"

김신은 충격적인 진실 하나를 공유했다.

"나 아빠 됐다."

"……뭐?"

말에는 힘이 있다.

임금님 귀는 당나귀 귀라고 외치는 것이 괜한 행동이 아닌 것이다.

입 밖으로 나오는 순간, 누구에게라도 공유하는 순간 말에

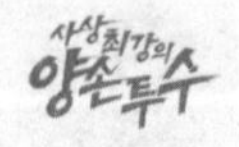

담긴 힘은 뭔가를 바꾼다.

“캐서린? 임신했어? 아니, 너는 뭐 이런 얘기를 이 타이밍에 하냐?”

“경기 전에 물어봤었잖아.”

“아무리 그래도 이 자식아! 너는 어떻게 된 게……!”

게리 산체스는 당황하고 말았지만.

반대로 김신은 진정돼 갔다.

반드시 이기고 싶고, 어느 때보다 잘하고 싶었던 건 왜인가.

그 모든 업적을 바치고 싶은 대상이 생겼기 때문 아니었는가.

세상이 무너진 것도 아닌데, 함께 경기를 지켜보고 있을 ‘그 둘’에게 이런 꼴사나운 모습을 보일 텐가.

경기가 끝난 것도 아닌데, 고작 이런 걸로 그들에게 바칠 승리를 날려 버릴 텐가.

‘그럴 순 없지.’

아빠라는 말에 담긴 힘이 김신의 분노와 억울함을 다른 감정으로 치환시켰다.

“고마워, 게리. 덕분에 좀 진정됐다.”

“……?”

아무것도 하지 않았지만, 아무것도 하지 않음으로써 필요한 모든 도움을 제공한 게리 산체스가 고개를 갸웃거리며 마운드를 내려갔다.

'진짜 속내를 알 수가 없는 자식이야.'

그리고 다음 순간.

아버지의 공이 '그래도 조금은 흔들리지 않을까?' 하는 기대를 품은 마이클 손더스와 시애틀 매리너스 벤치의 희망 사항을 꿰뚫었다.

빼엉-!

"스트라이크!"

[몸 쪽을 거침없이 공략합니다! 전혀 흔들리지 않는 모습의 김신 선수! 그렇죠! 아직 노히터가 남아 있습니다!]

[역시 대단한 멘탈입니다. 감탄하지 않을 수가 없군요. 챌린지를 통한 판정 번복을 겪고도, 히트 바이 피치 볼을 허용하고도 몸 쪽에 바짝 붙입니다.]

[하하, 김신 선수의 멘탈은 정평이 나 있죠. 사자의 심장을 넘어섰다고들 하더군요.]

팬들과 캐서린의 걱정을 꿰뚫었다.

빼엉-!

"스트라이크!"

투 스트라이크 노 볼.

김신이 지체 없이 결정구를 던졌다.

'달라진 건 없다. 중요한 건 승리뿐.'

그 날카로운 발톱에, 마이클 손더스가 속수무책으로 무너졌다.

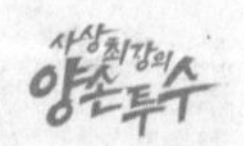

빼엉-!

"스트라이크아웃!"

[삼진! 보란 듯이 주자를 1루에 세워 놓고 삼진으로 6회 초를 마무리하는 김신 선수! 경기는 6회 말로 갑니다!]

김신이 담담히 마운드를 내려가고.

꽈악-!

아직 퍼펙트를 유지하고 있는 투수의 턴이 돌아왔다.

6회 말, 뉴욕 양키스의 선두 타자는 오늘 7번으로 출전한 매니 마차도였다.

방망이를 휘휘 돌리며, 매니 마차도가 직전 이닝을 복기했다.

'브랜던 라이언은 절박했어.'

논란의 여지가 있긴 하지만, 히트 바이 피치 볼을 만들어 낸 건 결국 브랜던 라이언의 투혼이었다.

100마일의 강속구를 맞고라도 나가겠다며 연신 배터 박스에 바짝 붙던 투혼.

실제 몸 쪽으로 날아드는 총알과도 같은 공에도 최소한의 움직임만을 보였던 의지.

강력한 방망이를 과시하며 자리를 위협해 오는 신예 유격수, 브래드 밀러의 존재 때문이겠지만.

인정할 건 인정해야 했다.

'쉽지 않은 일이야.'

맞아서라도 나간다는 게 말은 쉽지 실제로 행하기는 결코 쉽지 않은 일이었으니까.

그에 반해 자신은 어떤가.

그럴 수 있는 의지가 있는가.

2루수로 컨버전까지 했을 때의 절박함이, 지금 작은 성공으로 스러져 가고 있는 것은 아닌가.

"……."

매니 마차도가 손아귀에 힘을 주었다.

초심(初心)을 채찍질했다.

꽈악-!

그의 몸이 움직였다.

[배터 박스에 바짝 붙는 매니 마차도! 직전 이닝 브랜던 라이언 선수처럼 맞고라도 나가겠다는 건가요?]

펠릭스 에르난데스의 눈썹이 꿈틀하고.

그의 손에서 오늘 수많은 양키스 타자를 무릎 꿇렸던 공이 튀어나왔다.

'몸 쪽!'

기다리던 공에 매니 마차도의 몸이 폭풍같이 움직였다.

레그 킥이 뒤쪽으로 떨어지며 공간을 확보했다.

상체가 빠르게 열리고, 옆구리에 바짝 붙은 팔이 타자의 의지를 대변했다.

부우웅-!

맞고 나가는 것보다, 치고 나가는 게 좋은 건 당연한 진리.

브랜든 라이언의 절박함은 인정하지만 그 방법은 인정하지 않은 남자의 방망이가 다른 결과를 만들어 냈다.

따악-!

후회.

추억을 먹고사는 동물인 인간이 아주 무서워하는 단어다.

선택권이 거의 없는 과거 신분제 사회와 달리, 무한한 자유가 주어진 현대 사회에서는 후회라는 감정을 느낄 일이 잦고.

이에 종종 사람들은 '후회하지 않을 선택'이라는 말을 입에 올린다.

개소리다.

절대로 뚫리지 않는 방패와 무엇이든 관통하는 창의 대결이다.

자신이 가지 않은 길에 대한 후회가 남지 않는다면 애초에 그건 감정이 있는 존재가 아니니까.

펠릭스 에르난데스 또한 그랬다.

따악—!

[센터 필드! 깊습니다! 쭉쭉 뻗는 공! 가나요? 가나요? 갑니다! 담장 넘어갑니다! 매니 마차도의 솔로 포가 여기서 작렬합니다!]

[이건 그냥 선취점이 아니라 참 중요한 한 방이네요.]

[그렇습니다! 펠릭스 에르난데스의 퍼펙트와 노히터, 승리 요건을 모조리 박살 내는 매니 마차도의 강력한 한 방! 양키 스타디움이 진동합니다!]

정말 오랜만에 즐겁게 던졌다.

결과가 어떻게 되더라도 후회는 남지 않을 듯 보였다.

아니었다.

한때의 감정이 그를 기만한 거였다.

펠릭스 에르난데스가 한 시간 전의 발언을 번복(飜覆)했다.

'차라리 슬라이더를 던졌어야 했나…….'

후회했다.

서클 체인지업을 구사한 것을.

매니 마차도의 정면 승부 요청을 흔쾌히 받아 준 것을.

펠릭스 에르난데스가 다이아몬드를 도는 매니 마차도를 곁눈질했다.

'저게 작년 확장 로스터에 데뷔한 풀타임 1년 차…….'

그가 응해 줬다곤 해도 몸 쪽 승부를 유도하고 그걸 홈런으로까지 연결한 건 마땅히 저 건방진 루키의 역량이다.
그야말로 빛나는 재능.
그리고 그런 재능들이, 양키스에는 여럿 있다는 걸 다시금 떠올린 펠릭스 에르난데스가 고개를 저었다.
'AL 동부는 몇 년간 양키스가 지배하겠어.'
하지만 그건 잠시뿐.
홈런을 세금이라 여길 만큼 나이를 먹은 투수는 금세 감정을 가다듬었다.
"후우……."
상황은 벌어졌고.
아직 경기는 끝나지 않았으니.
씨익-!
그의 얼굴에 다시 미소가 맺혔다.
습관처럼.
펠릭스 에르난데스가 다시 공을 던졌다.
빠엉-!
즐거움은 평소처럼 희미해졌지만, 에이스로서의 책임감과 그가 흘린 수많은 땀과 눈물이 그를 변함없이 우뚝 세웠다.
빠엉-!
[이쪽도 명불허전입니다! 금세 페이스를 찾는 펠릭스 에르난데스!]
[따지고 보면 오히려 김신 선수보다 더한 상황이죠. 판정 논란이 있긴 하지만 김신 선수는 어쨌든 퍼펙트만 깨진 건데, 펠릭스 에르난데스 선

수 입장에선 모든 게 날아가고 패색까지 짙어졌으니까요. 그런데도 의연한 모습이 참 아름답습니다.]

그 모습에 해설진들이 칭찬 세례를 보냈다.

그에 화답하는 듯한 펠릭스 에르난데스의 투구가 이어졌다.

뻐엉-!

"스트라이크아웃!"

[기회를 이어가지 못하고 삼진으로 물러나는 라일 오버베이! 원아웃!]

라일 오버베이가 질렸다는 듯 한숨을 쉬었다.

따악-!

[3루 쪽! 카일 시거 잡아냅니다! 1루로! 아웃! 홈런을 언제 맞았냐는 듯 순조롭게 아웃카운트를 쌓아 가는 펠릭스 에르난데스!]

에두아르도 누네즈의 타구가 여전히 땅바닥을 굴렀다.

따악-!

[높이 뜹니다! 내야를 벗어나지 못할 듯! 유격수 브랜던 라이언, 손쉽게 포구! 스리아웃!]

브렛 가드너의 타구가 힘없이 떨어졌다.

[6회 말이 종료됩니다! 하지만 1-0! 양키스가 매니 마차도 선수의 홈런으로 승기를 잡았습니다!]

그러나.

양키 스타디움의 관심은 이제 그에게 쏟아지지 않았다.

"Kim Will Rock You-!"

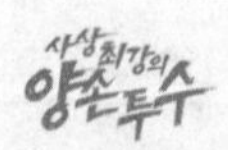

양키 스타디움이 노래했다.

⚾

7회 초.

[김신 선수가 다시 마운드에 모습을 보입니다.]

아직까지 상대 타자들의 방망이를 완벽하게 제압하고 있는 남자가 마운드에 올라왔다.

[승리 요건은 확보했지만, 지금 같은 상황에서 역시 내려갈 리가 없죠.]

[그렇습니다. 아직 노히터가 진행 중이니까요!]

그를 상대하는 시애틀 매리너스의 선두 타자는 2번 더스틴 애클리.

주전 키스톤이라곤 믿기 어려운 허술한 수비력 탓에 신예 닉 프랭클린에게 자리를 위협받고 있는 남자였다.

구단에서 직접 그에게 중견수 컨버전을 넌지시 제안했을 정도로 그 위기는 실체를 가지고 있었다.

하지만.

짜악-!

반대로 말하면 수비에 문제가 있음에도 2루에 세울 정도로.

구단에서 컨버전까지 해 가며 데려가려 할 정도로 더스틴 애클리의 방망이가 나쁘지 않다는 소리.

더스틴 애클리가 스스로를 메이저리그에 붙어 있게 만들

어 준 방망이를 움켜쥐었다.

[투수, 와인드업!]

벌써 통산 일곱 번이나 상대했지만, 그에게 희생 번트 이상을 허락하지 않은 마구.

이번에야말로 그 마구를 공략하고, 팀의 에이스에게 힘을 실어 주기 위해.

더스틴 애클리가 방망이를 휘둘렀다.

부우웅―!

하지만 더스틴 애클리는 급격히 방망이를 멈춰 세워야 했다.

그가 염두에 두던 코스와 백팔십도 다른 곳으로 공이 들어오고 있었으니까.

'몸 쪽……?'

빼엉―!

"스트라이크!"

바깥쪽이 아닌 몸 쪽. 더스틴 애클리가 속수무책으로 카운트를 헌납했다.

[몸 쪽으로 스타트를 끊는 김신 선수! 히트 바이 피치 판정 이후 계속해서 몸 쪽을 공략하고 있습니다! 이게 어떤 의미일까요? 김신 선수 나름의 항의 표시일까요?]

[음…… 글쎄요. 아직까진 좀 지켜봐야 할 듯합니다.]

본디 초구로 바깥쪽 낮은 코스의 스트라이크를 잡는 걸 즐기는 김신의 이상 행동.

더스틴 애클리가 심호흡했다.

'그래…… 원래 이런 놈이지. 칠 만하면 다른 걸 던지고, 칠 만하면 다른 걸 던지고.'

생각을 비우고 게스 히팅을 버렸다.

어떤 공이 오더라도 칠 수 있도록 감각적인 타격 자세를 견지했다.

그러나.

빼엉-!

그냥 괜찮은 정도인 더스틴 애클리의 타격 역량으로.

러프한 게스 히팅조차 없이 김신의 공을 공략한다는 건 어불성설이었다.

부우웅-!

"스트라이크아웃!"

[삼진! 삼구삼진으로 더스틴 애클리 선수를 돌려세우는 김신 선수! 몸 쪽 포심-몸 쪽 포심-몸 쪽 슬라이더였습니다!]

바깥쪽이 아닌 몸 쪽 기반 승부에 무너진 더스틴 애클리.

그 모습을 유심히 지켜본 남자가 타석에 섰다.

'판정에 불만을 가진 거라면…… 초구는 몸 쪽을 한번 노려 봐도 괜찮겠군.'

시애틀 매리너스의 차기 프랜차이즈스타 카일 시거.

마치 직전 이닝 매니 마차도가 그랬던 것처럼, 카일 시거가 배터 박스에 바짝 붙었다.

[김신 선수, 초구!]

하지만 김신의 선택은 펠릭스 에르난데스와 달랐다.

펠릭스 에르난데스가 후회하며 되뇌었던 구종이 홈플레이트로 날았다.

몸 쪽을 향하는 듯한 그 구종에, 카일 시거는 옳다구나 방망이를 움직였으나.

부우웅―!

"스트라이크!"

장난치듯 도망가는 공을 지켜봐야만 했다.

[슬라이더! 방망이 닿지 않습니다! 원 스트라이크가 됩니다!]

[이건 카일 시거 선수가 완전히 간파당했네요. 지금 움직임을 보면 몸 쪽을 되레 노린 거 같은데, 김신 선수가 슬라이더로 손쉽게 헛스윙을 이끌어 냈어요!]

표정을 굳힌 카일 시거가 다시 배터 박스에 바짝 붙었다.

이번에는 슬라이더나 바깥쪽 공을 노리기 위해서였다.

그러든가 말든가 상관없다는 듯이 김신이 지체 없이 공을 던졌다.

"으읏!"

뻐엉―!

몸 쪽 깊숙한 코스의 포심 패스트볼.

카일 시거는 엉덩이를 뒤로 뺐지만, 판정은 냉혹했다.

"스트라이크!"

[이번엔 몸 쪽! 101마일짜리 공이 묵직하게 틀어박혔습니다!]

[카일 시거 선수, 침착해야 합니다. 지금 속내를 완전히 읽히고 있어요!]

카일 시거는 그제서야 자리에서 물러나 평소 위치를 잡았으나.

이미 투 스트라이크로 몰린 순간부터 그에게 희망은 없었다.

부우웅―!

"스트라이크아웃!"

2구째 포심과 비슷하게 날아오다 더 과감히 몸 쪽으로 파고드는 서클 체인지업.

카일 시거가 고개를 떨궜다.

[스윙 앤 어 미스! 삼진! 이번에도 삼구삼진입니다! 거세게 몰아치고 있는 김신 선수! 집요하게 몸 쪽을 노립니다! 정말 항의를 표하고 있는 것처럼 보이는데요?]

캐스터의 말에 따라 굳은 주심의 얼굴과 알 수 없는 표정의 김신을 번갈아 비추는 카메라.

그리고 다음 순간, 결론이 났다.

뻐엉―!

"스트라이크!"

[이번엔 바깥쪽! 지켜볼 수밖에 없는 캔드리스 모랄레스!]

평소와 같은 바깥쪽 낮은 코스의 포심 패스트볼.

스스로에 대한 오해마저 유도하고 이용할 줄 아는 심리전의 달인이 7회 초를 손쉽게 집어삼켰다.

7회 말, 시애틀 매리너스의 마운드엔 펠릭스 에르난데스가 아닌 불펜 필승조 올리베르 페레스가 자리했다.

그리고 올리베르 페레스는 체감할 수밖에 없었다.

'이런 놈들을 상대로 6회까지 퍼펙트를 했다니…….'

펠릭스 에르난데스라는 그들의 에이스가 오늘 얼마나 위대한 피칭을 펼친 건지.

따악-!

[추신서-! 좌중간을 가릅니다!]

펠릭스 에르난데스가 언터처블이었던 거지 자신들이 약한 게 아니라고 항변하듯.

따악-!

[3유간…… 뚫립니다! 게리 산체스의 적시타! 양키스가 불방망이를 가동합니다!]

뉴욕 양키스 타선이 미친 듯이 시애틀 매리너스 투수들을 두들겼다.

2-0.

3-0.

4-0.

5-0.

세 명의 투수를 소모하고 나서야.

따악-!

[이 타구가 3루수 정면으로! 카일 시거, 3루 밟고 1루로! 1루에서…… 아웃입니다! 라일 오버베이의 병살타! 길었던 7회 말이 끝이 납니다! 하지만 뉴욕 양키스는 이번 이닝에만 대거 4득점! 승기를 90% 이상 가져왔습니다!]

뉴욕 양키스 타자들의 울분이 조금 꺼졌다.

아직 마운드를 지키고 있는 김신이라는 이름과 철벽으로 이름 높은 양키스 불펜을 생각했을 때 시애틀 매리너스 측에 더 이상 희망은 없을 거라 여겨지는 상황.

"끝났네."

"당연한 결과지. 이제 편안히 지켜보자고."

"편안히? 지금 킴이 어떤 기록을 쓰고 있는데 편안하다는 말이 나오나!"

승리를 떠나 남아 있는 김신의 기록으로 모두의 관심이 집중됐다.

8회 초.

당연히 다시 마운드에 오른 김신의 모습을 보고, 해설자가 문득 우려를 토해 냈다.

[섣부른 발언이긴 합니다만…… 만약 이대로 김신 선수가 노히터를 달성하게 된다면 상당한 진통이 예상되는군요.]

챌린지를 통한 판정 번복 이외엔 그야말로 퍼펙트.

그 챌린지 자체도 논란이 없을 수 없었으니, 이대로 경기가 끝난다면 해당 판단을 내린 주심으로선 김신의 퍼펙트를 훔쳐 갔다는 소리를 절대 피할 수 없었고.

신드롬으로 일컬어지는 김신의 위상과 국민 대다수가 총기를 가진 미국의 현실을 고려하면 정말 목숨까지 걱정해야 하는 처지였다.

"끄응……."

아무리 심판이라는 직위에 넘치는 자부심을 가지고 있더라도, 사람이라면 어쩔 수 없는 약간의 편파 판정이 행해졌다.

뻐엉-!

[볼입니다. 이걸 안 잡아 주네요.]

하지만 이미 승리를 확보한 남자는 기록 따윈 상관없다는 듯 전력을 다해 속구를 스트라이크존에 찔러 넣었고.

뻐엉-!

"스트라이크!"

그의 변화구들은 살아 있는 듯 꿈틀거렸다.

부우웅-!

"아웃!"

[스윙 앤 어 미스! 업슛이 연어처럼 튀어 오릅니다!]

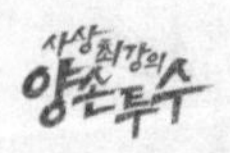

시간이 지남에 따라.

주심 앨런 포터의 표정은 흙빛으로 변해 갔고.

캐서린 아르민의 입꼬리는 점점 귀밑으로 올라갔다.

그리고.

뻐엉-!

[경기 끝났습니다!]

아주 스무스하게, 아무런 이변 없이.

〈기록의 사나이 김신! 40연승을 노히터로 장식하다!〉

김신의 손에 또 하나의 대기록이 작성됐다.

두근-!

역대급 태교(胎教)의 시작이었다.

〈김신의 완벽한 하루를 훔친 것은 누구인가!〉

-이거만 없었으면 퍼펙트잖아. 진짜 쳐 죽일 새끼네.

-얘 어디 산다고? 내가 당장 찾아간다.

-앨런 포터, 알 만큼 알 사람이 참…….

-자중하자. 이러면 김신한테도 피해임.

ㄴ피해 같은 소리 하네. 피해는 이미 받았거든?

〈경기 시간 지연, 판정 논란…… 챌린지 제도 이대로 괜찮은가?〉

─확실히 너무 오래 걸려. 이걸 굳이 해야 하나? 이럴 거면 심판 대신 기계를 세우지?

└기계가 아직 그 정도가 안 될걸. 10년은 지나야 가능함.

─어차피 챌린지 있어도 오심 나오는데 그냥 없애자.

시애틀 매리너스와의 2차전이 끝난 다음 날.

평소였다면 핸드폰을 들여다보며 이런저런 평가를 내리고 있었을 김신은 그럴 겨를조차 없이 바삐 움직이고 있었다.

구단에 부탁해 소중한 휴가까지 얻었지만, 그의 표정은 즐거움과는 거리가 멀었다.

긴장.

오로지 그 한 가지만을 얼굴에 한가득 담은 김신이 옷매무새를 가다듬었다.

"……갈까?"

"응, 들어가자."

오히려 옆에 자리한 캐서린이 더욱 평안해 보일 정도로.

마운드에서는 상상도 못할 만큼 극도로 긴장한 김신이 손을 들어 올렸다.

똑똑-.

"네, 들어오세요."

가볍게 노크를 한 뒤, 문을 열고 들어간 김신과 캐서린.
그들의 앞에 드문드문 흰머리가 나기 시작한 잘생긴 중년이 모습을 드러냈다.
"무슨 일로 이렇게 식사 자리를 잡았니?"
뉴욕 컬럼비아 대학병원 정형외과 교수.
김신의 아버지 김성욱이었다.
다 알고 있다는 듯 의미심장한 눈빛을 보내오는 아버지의 모습에 김신은 묵묵히 자리에 앉아 입을 열었다.
"일단 식사부터 하시죠. 천천히 말씀드리겠습니다."
숨길 수 없는 긴장이 묻어 나오는 말소리에 피식 웃은 김성욱 교수는 선선히 동의를 표했고.
곧 프라이빗 레스토랑의 휘황찬란한 요리들이 그들 앞에 서빙되어 왔다.
하지만 캐서린은 치밀어 올라오는 토기(吐氣)에 제대로 숟가락을 놀리지 못했고.
김신 또한 평소와는 달리 열량 보충에 충실하지 못했다.
보다 못한 김성욱 교수가 먼저 운을 뗐다.
"닥터 아르민. 혹시 신이한테 어떻게 선수 생활을 시작했는지 들은 적 있어요?"
"네, 어릴 때부터 야구를 좋아해서 꾸준히 연습했지만 취미로밖에 생각하지 않고 있다가, 고등학교를 졸업한 후에 문득 지금이 아니면 해 보지 못할 것 같다는 생각이 들어 보라스 코퍼레이션에 이메일을 보낸 걸로 알고 있습니다. 그 이메일을 현재 담당 에이전트인 디그라이언 씨가 눈여겨본 덕에 양키스 테스트를 볼 수 있게 됐고……."

널리 알려져 있는 김신의 성공 신화를 읊는 캐서린.

하지만 김성욱 교수는 고개를 저으며 그녀의 말을 끊어냈다.

"그거 말고요."

"……?"

"신이가 얘기를 안 했나 본데, 중간에 사건이 하나 있었어요. 생각해 봐요. 내가 아니라 누구라도 갑자기 자식이 하던 걸 때려치우고 다른 길을 간다면 허락해 주겠어요?"

"아닙니다."

"그렇죠? 그럼 내가 왜 허락해 줬을까요?"

"아버지."

"넌 가만히 있어."

김신의 제지를 한 방에 무력화한 채, 김성욱 교수가 지체 없이 말을 이었다.

"수능. 그러니까 미국으로 치면 SAT 날이었어요. 그때 난 개인 병원을 하고 있었는데, 점심 좀 지나서 신이가 찾아왔더라고요. 시험을 포기하고."

"……."

"그러고는 나한테 얘기하더군요. 야구가 하고 싶다고. 그

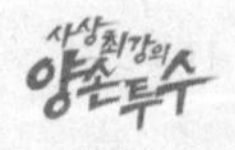

때 신이의 모습이 아직도 선합니다. 허락하지 않을 수 없는 눈빛을 하고 있었거든요."

잠시 그 모습을 머릿속에 떠올리는 듯 푸근한 미소를 짓던 김성욱 교수가 결론을 꺼내 놓았다.

"그런데. 그렇게 일생일대의 기로에서조차 당당했던 신이가 지금 긴장해서 어쩔 줄 모르고 있네요. 이유는 하나뿐이겠죠. 이제 혼자가 아니라서 아니겠어요? 책임져야 할 게 생긴 거죠."

"……!"

"결혼 문제라면 시즌 끝나고 해결했을 건데, 이렇게 급히 자리를 마련한 건 하나밖에 없지 않을까 합니다. 몇 주 차죠?"

스트라이크존 한복판에 꽂히는 묵직한 직구.

김신은 부리나케 입을 열었으나.

"아버지, 그게……."

"너한테 물은 거 아니다."

김성욱 교수는 고개조차 돌리지 않았고.

마침내 천천히 캐서린의 입이 떨어졌다.

"6주… 됐습니다, 교수님."

그에 김성욱 교수가 다시 고개를 저었다.

"교수님 말고 아버님."

"아…… 네, 아버님. 6주 됐습니다."

그제야 환한 미소를 띤 김성욱 교수가 말했다.

"잘했어요."

"……?"

"잘했다, 내 아들. 내 아들 아니랄까 봐 애부터 만들고 보는구나. 정말 잘했다."

호자(虎子)를 낳은 호부(虎父)가 갈비 한 점을 입에 넣으며 호탕하게 웃었다.

"뭘 이런 걸 가지고 긴장들 하고 그래. 난 무조건 오케이니까 너희들 원하는 대로 해."

상상과는 다른 전개에 김신과 캐서린의 입이 벌어졌다.

"식은 올릴 거냐? 시즌 끝나면 배가 불러서 힘들 거고, 시즌 중엔 당연히 어려울 텐데……. 뭐, 너희가 어련히 알아서 잘하겠지만 웬만하면 늦게라도 식은 올려라. 그게 평생 한이 될 수도 있어."

그에 아랑곳 않는 김성욱 교수의 주도 아래.

한 가족의 식사가 무르익어 갔다.

"……근데 아버지, 저도 혼전 임신이었어요? 그런 말씀 안 하셨잖아요."

20년 만에 밝혀진 비밀 한 조각과 함께.

그날 밤.

탁-.

캐서린의 차에 타자마자 김신은 목을 죄이는 넥타이를 거칠게 풀어냈다.

"후……."

힘들었던 하루가 담긴 한숨에 뒤따라 차에 탄 캐서린이 위로를 건넸다.

"고생했어. 몇 번 지나가듯 얘기하긴 하셨는데, 우리 아빠가 정말 총까지 꺼내실 줄은 몰랐네……."

"괜찮아."

괜찮다는 대답과 함께 김신의 뇌리에 파노라마처럼 지난 몇 시간이 흘러갔다.

김성욱 교수를 만나러 갈 때만 해도 그 이상 긴장할 수 없을 것 같았는데, 손에 배어 나오는 땀을 주체할 수 없을 정도의 긴장감을 선사한 캐서린의 집 문 앞.

'뭐라고? 킴이 왔다고?'라며 그를 환대하더니 그의 유니폼이며 경기 영상이며 구구절절 팬심을 늘어놓던 캐서린의 가족들.

진실을 알고 난 뒤 '뭐라고? 애가 있다고?'라며 돌변하여 권총을 꺼내 들던 캐서린의 양아버지…… 아니, 장인어른과 말리시던 장모님.

한동안의 실랑이 후 못 이기는 척 권총을 집어넣던 장인어른의 복잡한 표정.

자랑스럽고 소중한 딸을 채 가는 나쁜 놈이 미울 텐데도 양키스의 에이스 몸에 문제가 될까 술도 제대로 권하지 못하던 얼굴.

뉴욕 양키스와 시애틀 매리너스의 3차전 경기가 시작되고, 매리너스 선발 이와쿠마 히사시가 3이닝 5실점으로 강판당하자 그전까지 무슨 얘기를 했는지도 잊은 채 광란에 빠져들던 모습.

어제 펠릭스 에르난데스와 투수전을 펼친 양키스의 에이스가 자리를 함께해서인지 더욱 열을 띠던 토론 분위기.

캐서린이 어떤 가정에서 얼마나 사랑받고 자랐는지 순식간에 알게 해 준 따뜻한 가족들.

행복했던 시간들.

그 끝에서 마침내 미소를 떠올린 김신이 첨언했다.

"그 정도면 잘 참으신 거지. 나 같았으면 과녁으로 세워 놓고 공을 던졌을걸."

"뭐? 미쳤어? 자기가 무슨 로빈후드야? 자기 공 맞으면 정말 사람 죽어!"

"말이 그렇다는 거지, 말이. 어쨌든, 자기야말로 고생했어. 몸도 정상이 아닌데……."

"음, 그렇긴 해. 그럼 오늘은 자기가 나 마사지 좀 해 줄래?"

"당연하지. 내가 또 비공인 세계 최고 마사지사잖아. 시원하게 풀어 드립죠, 마님."

"기대하겠노라, 돌쇠."

"하하하하하!"

익숙한 캐서린과의 만담에 크게 웃은 김신이 문득 진지한 기색을 띠었다.

그리고 고백했다.

"나랑 만나 줘서, 날 사랑해 줘서 정말 고마워. 자기를 힘들게 해서 미안하고, 앞으로 내가 더 잘할게. 고맙고, 사랑해."

"힘들게 한 거 없어. 앞으로도 잘 부탁해. 사랑해."

서로에게 향하는 연인의 사랑 고백과 함께.

숨 가빴던 하루가 저물어 갔다.

"근데 아버지한테 야구가 하고 싶어요, 했다는 거, 왜 나한텐 얘기 안 했어?"

"아, 그게……."

토론토 블루제이스와의 홈 2연전.

볼티모어 오리올스와의 원정 3연전.

템파베이 레이스와의 원정 3연전.

뉴욕 메츠와의 원정 2연전, 홈 2연전.

그리고 보스턴과의 홈 3연전까지.

양키스의 5월이 순식간에 지나갔다.

〈뉴욕 양키스, 토론토 블루제이스 완파! 홈에서 양키스는 너무 강하다! 파죽의 5연승!〉

이기기도 했고.

〈서브웨이 시리즈에서 먼저 웃은 건 뉴욕 메츠! 시티 필드에서 홈팬들에게 최고의 선물을 선사하다!〉

지기도 했다.

단.

〈점차 가려지는 동부 지구의 향방. 확고한 아성의 뉴욕 양키스, 추격하는 보스턴 레드삭스〉

아메리칸리그 동부 지구 1위는 여전히 큰 격차로 양키스의 것이었지만.

김신도 마찬가지였다.

〈41연승! 김신의 끝이 없는 질주!〉

볼티모어와의 원정 2차전에서 가뿐히 승리하며 41연승 고지를 밟았으나.

〈템파베이 레이스! 김신의 연승 행진을 종결짓다!〉

〈연승 기록의 시작과 끝을 함께한 템파베이 레이스!〉

아이러니하게도 데뷔전 퍼펙트를 헌납했던 템파베이 레이스에게 패전을 기록.

한 시즌이 넘는 연승 기록이 마침내 막을 내렸다.

〈신화가 끝났다!〉

–기자 미침? 신화가 끝나긴 왜 끝나, 이제 시작인데!

–지금까지 다 이긴 게 말도 안 되는 거지 무슨 한 번 졌다고 김신이 끝나냐?

–근데 기록이 끝난 건 맞지 않냐?

└이 새끼 뉴욕 올 생각 하지 마라. 양키 스타디움에 발 들이면 죽여 버린다.

└누군 줄 알고? 하여튼 양키 새끼들 꼴 보기 싫어서 원. 기록 끝난 거 맞잖아 ㅋㅋㅋㅋㅋㅋ

인터넷은 물론이고 뉴욕 길거리가 난리 통이 되었지만 김신은 담담했다.

'지난 시즌이 운이 좋았던 거지.'

아무리 김신이라도 시즌 내내 한 번도 삐끗하지 않을 수는 없다.

지난 시즌엔 어찌어찌 삐끗한 뒤에도 노 디시전으로 마무리됐지만, 이번 시즌엔 달랐던 것뿐이다.

그렇게 스스로를 위로했다.

물론 김신이라는 남자가 그 운조차 필요 없는 위치에 오르기 위해 다시 눈동자를 불태운 건 당연한 이야기.

〈김신, 완봉으로 보스턴 레드삭스를 침묵시키며 위기론 일축!〉

—진짜 위기, 위기 지겹지도 않냐. 걔는 김신이라고! 위기가 안 온다고!

—알동에서 방어율 1점 초반, 시즌 내내 한 번 패한 투수한테 위기론은 무슨 ㅋㅋㅋㅋㅋㅋ 바로 완봉 찍어 버리죠?

현업에도 바쁜 와중에 김신과의 새로운 생활을 전적으로 준비하며 내조해 주는 캐서린 아르민의 지원 아래.

경쟁자조차 변변치 않은 압도적인 사이 영 후보이자.

투수 연속 MVP 얘기까지 솔솔 흘러나오는 남자가 마운드에서 포효했다.

그리고 6월 초.

"자, 이제 최종 결정을 하겠습니다. 빌리, 더 할 말 있나?"

"없습니다."

"좋아. 그러면 1라운드는 일단 크리스티안 아로요. 차선책은 애런 저지로 가자고. 벨린저는 3라운드쯤 생각해 보고."

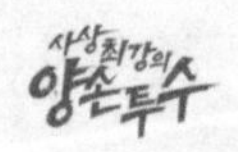

양키스의 미래를 위한 또 다른 한 걸음이 내디뎌졌다.

⚾

야구는 사실상 미국의 국기(國技)다.

미식축구에 치이고, 농구에 위협받고 있긴 하지만, 그 위상에는 변함이 없고.

어렸을 때부터 많은 남자아이가 글러브와 공, 방망이를 잡고 그라운드를 누빈다.

하지만 그 남자아이들 중에서 별들의 전장이라 불리는 메이저리그에 도달할 수 있는 건 고작 한 줌뿐.

평생 의료 혜택으로 대표되는, 한 경기만 뛰어도 인생이 달라질 기회를 거머쥘 수 있는 건 겨우 티끌뿐이다.

드래프트부터 트리플A까지.

저마다 사연을 가진 수많은 인생이 채 피어 보지 못하고 발길을 돌린다.

그 첫 번째 관문 앞에 선 남자.

만 17세의 코디 벨린저가 한숨을 불어 내쉬었다.

"후우……."

양키스 소속으로 우승 반지를 두 개나 석권한 야구 선수였던 아버지 덕에 어렸을 때부터 야구를 접했다.

데릭 지터와 호르헤 포사다, 버니 윌리엄스 같은 선수들을 지켜봐 왔다.

누구보다 노력했고.

누구보다 땀 흘렸다.

그들처럼 되기 위해서.

우승 반지는 가졌지만, 주역이 되지 못한 아버지의 한을 풀어 드리기 위해서.

그러나 부족했다.

브라운관에 비친 젊은 얼굴들을 바라보며, 코디 벨린저가 침을 삼켰다.

'부럽다.'

집에서 방송을 시청하며 드래프트에 참여하는 자신과 달리.

뽑히지 못하면 전국적인 놀림감이 될 텐데도 드래프트 방송에 당당히 얼굴을 내밀 수 있는 저 용기가.

자신이 반드시 뽑힐 거라고 믿는 자신감이 부러웠다.

코디 벨린저의 눈이 조금 나이 들어 보이는 선수 아래 띄워진 자막을 훑었다.

'애런 저지.'

2010년 오클랜드 애슬레틱스에 지명받았지만 거부하고 대학 진학.

맹타를 휘두르며 존재감을 과시한 뒤, 2년 만에 드래프트 재수.

어쩌면 코디 벨린저 자신의 미래일지도 모르는 남자가 왜 인지 눈에 밟혔다.

그때였다.

"긴장되니?"

코디 벨린저의 아버지, 클레이 벨린저.

지금 양키스의 에두아르도 누네즈와 같은 백업 유틸리티로 두 번의 영광을 차지했던 남자가 아들의 어깨를 짚었다.

"너무 걱정하지 말거라. 넌 충분한 역량이 있고, 메이저리그 스카우터들의 눈은 동태 눈깔이 아니란다."

"네."

"1라운드는 아니더라도, 5라운드 안에 반드시 뽑힐 거다. 이 아비가 장담하마."

"……."

야구 선수에서 이제는 아들과 함께 에이전트로의 새 인생을 기획하고 있는 클레이 벨린저.

그가 아들의 긴장을 풀어 주기 위해 화제를 바꾸었다.

"그래, 가고 싶은 팀은 정했니?"

"아뇨, 아직……."

아버지의 의도대로, 아들의 시선이 TV에서 떠나 우측 상단으로 향했다.

N과 Y가 겹쳐진 상징이 선명히 빛나는 장식장으로.

그걸 눈치챈 클레이 벨린저가 목소리를 냈다.

"양키스 물론 좋지. 하지만……."

"알아요. 양키스에 지명되면 안 된다는 거."

아버지의 말을 아들이 이었다.

"양키스에 가면 메이저리그에 언제 데뷔할 수 있을지 모르니까요."

"그래, 정확하다."

코디 벨린저 개인은 뉴욕 양키스가 좋았다.

왜 아니 그렇겠는가.

어렸을 적 만났던 선수가, 우상이 아직도 팀의 캡틴으로 뛰고 있고.

현재 리그에서 가장 강한 팀인 데다 가장 유명하고 인기 많은 팀.

아버지가 뛰었던 팀인데.

하지만 코디 벨린저라는 야구 선수로서는 달랐다.

뉴 코어라 불리며 폭발적인 활약을 펼치고 있는 신인 선수들.

장기 계약을 앞둔 준수한 성적의 베테랑들.

주전이 확고하고, 강한 팀일수록.

반대로 그 위로 치고 올라가야 할 루키들에게는 불리한 법이었으니까.

거기에 바로 그제, 그나마 희망이 보이던 그의 포지션에도 거물급 선수가 영입됐으니.

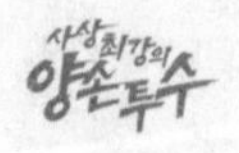

'어쩔 수 없지…….'

코디 벨린저로선 아무리 양키스를 좋아해도, 그들의 지명을 웃으며 받아들일 순 없는 상황이었다.

"여긴 어떠냐."

"화이트삭스요? 거긴 갑자기 왜요?"

"내가 알아보니까……."

어차피 선택권은 거의 없었지만.

심심풀이 삼아 두 부자가 메이저리그 구단들을 짚어 보기도 잠시.

[휴스턴 애스트로스. 지명합니다. 과연…… 오! 마크 아펠! 스탠포드 대학교의 오른손 투수, 마크 아펠을 지명하는 휴스턴 애스트로스! 축하합니다, 마크 아펠 선수!]

마침내 드래프트가 시작됐다.

[시카고 컵스. 지명합니다. 크리스 브라이언트! 크리스 브라이언트를 지명하는 시카코 컵스! 샌디에이고 대학교의 3루수, 크리스 브라이언트가 바람의 도시에 합류합니다! 축하합니다, 크리스 브라이언트 선수!]

숨막히는 시간이 흘러갔다.

휴스턴 애스트로스, 시카고 컵스, 콜로라도 로키스, 미네소타 트윈스 등 지난 시즌 부진했던 팀들에 이어.

[뉴욕 양키스. 지명합니다.]

월드시리즈 우승 팀 뉴욕 양키스까지.

[애런 저지! 뉴욕 양키스가 1라운드에서 프레스노 주립대의 중견수,

애런 저지를 지명합니다! 축하합니다, 애런 저지 선수!]

브라운관을 뚫고 나오는 소리와 환희에 가득 찬 애런 저지의 얼굴에 코디 벨린저가 씁쓸한 미소를 베어 물었다.

'이래서 눈에 띄었나.'

1라운드가 지나고.

2라운드가 끝났다.

코디 벨린저의 이름은 불리지 않았다.

[오클랜드 애슬레틱스의 선택은 채드 핀더! 버지니아의 유격수였다는 소식을 마지막으로 중계방송 마칩니다.]

방송이 끝날 때까지도.

코디 벨린저가 스스로를 위안했다.

'아직 많이 남았어. 애초에 1, 2라운드에 뽑힐 거라 생각하지도 않았잖아.'

그러나 다음 날.

바라던 지명은 떨어졌지만 코디 벨린저는 환하게 웃을 수 없었다.

"예? 뉴욕 양키스요?"

벨린저 부자의 깊은 고민이 시작됐다.

"이쪽으로 오시면 됩니다, 코디 벨린저 선수."

"아…… 네, 네!"

드래프트로부터 10일가량이 지난 6월 19일의 양키 스타디움.

코디 벨린저는 정신없이 구단 직원의 인도에 따라 발걸음을 옮기고 있었다.

'어쩌다가 이렇게 된 거지?'

자신은 분명 4라운더인데.

왜 1라운더들과 함께 뉴욕 양키스의 라커룸을 보러 가는 건지 도통 이해를 할 수가 없었다.

코디 벨린저가 곁눈질로 양옆에 선 떡대들을 훔쳤다.

'애런 저지, 이안 클라크…….'

원래 가지고 있던 픽 하나와 닉 스위셔 자유 계약 보상으로 주어진 픽을 이용해 뉴욕 양키스가 뽑아 온 두 명의 1라운더.

그들 사이에 낀 자신이 어쩐지 어울리지 않았다.

그런데 구단 직원은 당연하다는 듯 그를 1라운더들과 함께 인도하고 있었다.

코디 벨린저의 두뇌가 이런 일을 가능케 할 법한 사람의 이름을 되뇌었다.

'디그라이언 씨, 도대체 무슨 짓을 한 겁니까.'

헤빈 디그라이언.

뉴욕 양키스의 예상치 못한 지명으로 고민하고 있을 때 다짜고짜 찾아온 보라스 코퍼레이션의 에이전트.

생각해 보면, 그의 현란한 입놀림에 넘어가면서부터 기이한 일들의 연속이었다.

아니, 4라운더가 1라운더와 비슷한 계약을 따 낸다는 게 말이나 되는 소린가 말이다.

'일개 에이전트가 어떻게…….'

헤빈과 캐시먼이 어떤 관계인지.

그 위에 얹어진 김신의 첨언이 어떤 파괴력을 가지는지 알지 못하는 코디 벨린저로선 당황스러울 수밖에 없는 노릇.

하지만.

"여깁니다."

뉴욕 양키스 라커룸에 발을 들이는 순간, 그런 건 다 머릿속에서 사라지고 말았다.

"우와……!"

감탄밖에 나오지 않는 럭셔리한 공간 한복판에 걸린 사진 속에서, 별들이 빛나고 있었다.

코디 벨린저가 그 찬란한 별들 중 유일하게 안면이 있는 사람의 이름을 읊조렸다.

"데릭 지터……."

뉴욕 양키스를 이끄는 캡틴, 데릭 지터.

그런데 그때였다.

들릴 리 없는 목소리가 대답을 해 왔다.

"그래, 맞아. 내가 바로 데릭 지터다."

화들짝 놀란 세 루키가 고개를 돌렸고.

병원에 있어야 할 뉴욕의 왕이 그들의 시야를 가득 채웠다.

"너희는 뭔데?"

"아, 저……."

당황에 빠져 어쩔 줄 모르는 세 사람을 대신해 구단 직원이 입을 열었다.

"안녕하십니까, 캡틴. 여기는 이번에 드래프트 상위 픽으로 뽑힌 루키들입니다. 구단주님의 지시로 라커룸을 견학시켜 주고 있습니다."

"그래?"

데릭 지터의 눈길을 따라 갑작스러운 소개팅이 시작됐다.

"예. 여기는 애런 저지, 중견수입니다."

"애런 저지입니다!"

"음, 힘이 좋게 생겼구먼. 열심히 하라고."

"감사합니다!"

애런 저지는 황송하다는 듯 2미터가 넘는 큰 몸을 수그렸고.

"이쪽은 이안 클라크, 투수입니다."

"이안 클라크입니다! 잘 부탁드립니다!"

"그래, 메이저에서 볼 날을 기다리지. 김신 알지? 그 자식

콧대를 뭉개 줄 만큼 던지라고."

"하하……."

이안 클라크는 멋쩍게 뒤통수를 긁적였다.

그리고 코디 벨린저의 차례가 왔다.

"마지막으로, 코디 벨린저. 1루수입니다."

"어, 그래. 벨린저…… 벨린저? 벨린저라고?"

확연히 다른 데릭 지터의 반응에 코디 벨린저의 심장이 두 방망이질 쳤다.

데릭 지터의 또렷한 눈빛이 코디 벨린저를 훑었다.

"낯이 익어. 너, 혹시 클레이 벨린저의 아들이냐?"

코디 벨린저의 가슴이 벅차올랐다.

그의 입이 번개같이 열렸다.

"네! 네, 맞습니다!"

"어렸을 때 나랑도 몇 번 봤던 거 같은데, 맞아?"

"네! 그렇습니다!"

씨익 웃은 데릭 지터가 다가와 코디 벨린저의 어깨를 짚었다.

"훌륭하다. 꼭 메이저에 올라와 아버지를 기쁘게 해 드려라."

"가, 감사합니다."

우상의 치하에 코디 벨린저가 당장에라도 아버지에게 전화하고 싶은 손을 간신히 억누를 찰나였다.

뚜벅- 뚜벅-.

라커룸 밖을 울리는 발소리에 데릭 지터가 황급히 몸을 움직였다.

"견학들 열심히 하고. 날 봤다는 건 절대 비밀이다."

"……?"

양키스의 캡틴이 마치 도둑처럼 몸을 숨기는 모양새에 벙찌기도 잠시.

세 루키의 눈에 또 다른 별이 환하게 비쳤다.

투수 유망주, 이안 클라크가 입을 틀어막았다.

"응? 뭐죠, 콘돌 씨?"

"아, 여기는 이번에 드래프트 상위 픽으로 뽑힌 루키들입니다. 구단주님의 지시로……."

방금 스쳐 지나간 데릭 지터의 뒤를 이을 거라 기대받는 남자.

아니, 위상만 보면 그를 뛰어넘어 벌써부터 현역 최고라 불리는 위대한 선수.

김신이었다.

데이비드 콘돌의 설명을 듣던 김신이 눈을 빛냈다.

'기분 탓인가? 날 보는 거 같은데.'

마운드에서와 달리 인자한 미소를 띤 김신의 눈동자가 자신을 향하는 것 같은 느낌에 코디 벨린저가 고개를 갸웃할 무렵.

"견학요?"

"네, 그렇습니다."

그들을 둘러본 김신이 특별 포상을 내렸다.

"흠…… 그거 재밌겠네요. 혹시 실례가 안 된다면 제가 가이드 좀 해도 될까요?"

"그러면 저희야 감사하죠."

데이비드 콘돌의 허락이 떨어지는 즉시 이안 클라크가 큰 소리로 외쳤다.

"감사합니다!"

동시에 웃통을 벗어 던지고는 속옷을 보이는 이안 클라크.

"혹시 그 전에 사인 좀 부탁드려도 될까요?"

풋풋한 그 모습이 기꺼웠는지 한층 짙은 미소를 띤 김신이 손가락을 들었다.

"잠깐 화장실 좀 갔다 와서요. 금방 올게요."

그리고 성큼성큼 걸음을 옮겼다.

조금 전, 데릭 지터가 사라졌던 그곳으로.

"어……."

하지만 차마 김신을 말리지 못한 네 사람의 말이 허망하게 흩어지고.

잠시 뒤.

"뭐야!"

"뭡니까, 캡틴! 캡틴이 왜 여기서 나와요?"

양키스의 과거와 미래가 나누는 만담이 들려 왔다.

"푸훗!"

참지 못한 웃음이 코디 벨린저의 입에서 터져 나왔다.

'얼른 올라오고 싶다.'

양키스 외야에 밝은 빛이 비치는 순간이었다.

각자의 역할

6월 초.

겨울 이적 시장을 비롯, 시즌 중반이 지날 때까지 지갑을 닫고 침묵하던 양키스에서 뻗어 나온 흥미로운 소식이 뉴욕을 강타했다.

〈뉴욕 양키스, 쿠바산 강타자 호세 아브레유 영입!〉

쿠바의 본즈라 불리는 남자가 원래 역사보다 반 개월 먼저 메이저리그 유니폼을 입게 된 것.

애초부터 호세 아브레유가 망명 및 메이저리그 진출을 염두에 두고 있었기 때문에 가능했던 일이지만.

WBC에서의 활약을 눈여겨보다가 마크 테세이라의 부상을 계기로 한발 먼저 빌리 리를 쿠바로 파견한 브라이언 캐시먼의 쾌거라고 할 수 있었다.

그에 대해 김신은 이렇게 평했다.

"잘했네."

그야말로 적절한 영입.

아무리 부상에서 곧 복귀한다 해도, 급격한 에이징 커브로 기량이 하락할 마크 테세이라의 자리를 메워 줄 훌륭한 선택이었으니까.

그가 물밑에서 움직인 것도 아닌데 도출된, 마치 미래를 꿰뚫어 본 듯한 결과에 김신은 캐시먼에게 박수를 보냈다.

"역시 능력이 있어."

김신이 없던 과거, 로빈슨 카노의 리햅 팀 아니냐는 조롱을 듣던 2013년의 양키스에선 몇 가지 무리한 영입으로 욕을 들어 먹었던 캐시먼.

천지사방에 뚫린 구멍들을 틀어막기 위해 동분서주하다 점차 지치고, 명성을 잃어 갔을 캐시먼의 새로운 날갯짓이었다.

하지만 정말로 김신의 입이 벌어진 건 그다음이었다.

〈뉴욕 양키스의 선택은 애런 저지, 이안 클라크!〉

바로 2013 메이저리그 드래프트에서 놀랄 만한 변화가 있었으니까.

애런 저지.

2010년대 후반 데릭 지터의 위상을 이어받아 뉴욕의 아이돌이 될 남자.

파격적인 이도류, 오타니 쇼헤이의 뒤를 이어 야구 선수 네임 밸류 2위에 랭크될 미래의 홈런왕 때문에?

아니.

그가 뉴욕 양키스 품에 안기는 건 놀랄 것도 없는 일이다.

또한 함께 뽑힌 이안 클라크는 피어 보지 못하고 몰락할 투수.

그에게 쓸 신경 따위는 남아 있지 않았다.

김신의 주목을 끌은 건 4라운드 결과였다.

부러 찾아보지 않으면 확인하기 어려운, 조그마하게 올라온 기사 하나.

〈뉴욕 양키스, 4라운드에서 해밀턴 고등학교의 1루수 코디 벨린저 지명〉

코디 벨린저.

지금은 1루수지만 중견수로 메이저리그에 데뷔하여 충격적인 퍼포먼스를 보일 사나이.

데뷔 4년 만에 신인왕과 MVP를 석권하고 심지어 월드시리즈에선 본인의 활약으로 우승 반지를 따낼 'LA 다저스'의 강타자.

무키 베츠의 영입으로 김신이 굳이 건드리지 않았던 소년이었다.

"거참…… 이게 또 이렇게 되나? 이러면 교통정리가 어려울 텐데……."

현재 양키스의 좌우 외야를 지키는 추신서와 브렛 가드너. 2010년 후반대에 날아오를 애런 저지, 무키 베츠, 코디 벨린저.

뉴욕 양키스의 외야가 그야말로 과포화 상태가 되었다.

그러나 김신은 곧 미래의 걱정을 미래의 담당자에게 넘겼다.

"뭐, 영입한 사람이 알아서 하겠지."

대신 이미 영입된 미래의 보석에게 집중했다.

-헤빈, 추천해 드리고 싶은 선수가 있습니다.

헤빈 디그라이언에게 연락을 남겼으며.

-캐시먼, 드리고 싶은 말씀이 있는데요.

캐시먼에게 넌지시 첨언을 건넸다.

그가 손쓰지 않았다 해도, 양키스에 지명된 건 바뀌지 않는 사실.

굳이 시행착오를 겪게 둘 필요는 없었으니까.

'1루수로 데뷔하게 될 수도…….'

2020년대 후반, 1루수로도 훌륭히 재기에 성공했던 코디 벨린저의 모습을 그리며.

김신이 눈을 감았다.

그리고 시간이 흘러 6월 19일.

"견학요?"

데이비드 콘돌로부터 소식을 듣고 의도적으로 일찍 출근한 김신은 새로운 핀스트라이프들과 기꺼운 만남을 가졌다.

그제 오클랜드와의 원정 경기에 선발 등판했던 그의 일정은 회복 훈련이 전부였으므로.

과거의 인연들과 함께할 시간은 충분한 상황.

"흠…… 그거 재밌겠네요. 혹시 실례가 안 된다면 제가 가이드 좀 해도 될까요?"

김신은 부러 가이드를 자처했다.

'어디부터 가 볼까.'

하지만 급히 오느라 화장실을 들리지 못한 탓에 울리는 방광의 신호에 김신은 작은 일부터 처리하고자 발걸음을 옮겼고.

"뭐야!"

그곳에서 더욱 놀랄 만한 일을 마주했다.

뉴욕의 왕이 그곳에 있었다.

"뭡니까, 캡틴! 캡틴이 왜 여기서 나와요?"

김신의 얼굴이 반가움으로 물들었다.

[웰컴 투 메이저리그! 여기는 텍사스 레인저스와 뉴욕 양키스, 뉴욕 양키스와 텍사스 레인저스의 경기가 펼쳐지는 양키 스타디움입니다! 오늘 양키스 라인업에 주목할 만한 새 얼굴이 둘이나 있죠?]

[한 명은 새 얼굴이라고 하기가 좀 그러긴 한데요. 어쨌든 파격적인 등장이라고 할 수 있겠네요.]

[그렇습니다! 팬 여러분! 저도 오늘 라인업을 보고 눈을 의심했습니다! 데릭 지터가! 뉴욕의 왕이 돌아왔습니다!]

뉴욕 양키스와 텍사스 레인저스의 3연전 중 1차전.

대중의 스포트라이트가 뉴욕 양키스의 1번 타자로 향했다.

[경기 직전에 나온 공식 입장으론 데릭 지터 본인이 깜짝 등장을 기획했다고 하더군요.]

아니, 대중뿐 아니라 뉴욕 양키스 더그아웃 또한 마찬가지였다.

"서프라이즈라니. 캡틴답지 않네."

"그러게 말이야. 이런 적은 처음이지 않아?"

수비를 위해 그라운드에 나가 있는 데릭 지터를 바라보며 저마다 한마디씩을 내뱉는 선수들.

하지만 그들의 얼굴에는 숨길 수 없는 반가움이 서려 있었다.

그들 사이에서 팔짱을 낀 채, 이미 그 단계를 넘어선 남자가 고개를 절레절레 저었다.

'난 나중에 저러지 말아야지.'

캡틴이라는 사람이, 이제 마흔이나 된 남자가 서프라이즈는 무슨 서프라이즈란 말인가.

그리고 걱정했다.

'신입들이 어떻게 생각할지…….'

구단이 준비해 둔 자리에서 경기를 지켜보고 있을 애런 저지와 코디 벨린저.

합류하자마자 어색함도 채 지우기 전에 1루에 서게 된 호세 아브레유.

그들이 도대체 양키스라는 구단을 어찌 바라볼지 걱정이 되지 않을 수 없었다.

그런 김신의 눈초리를 아는지 모르는지.

따악-!

[3유간-!]

오랜만에 복귀한 데릭 지터는 그야말로 펄펄 날았다.

[데릭 지터-! 언빌리버블 캐치! 돌아온 양키스의 캡틴이 경기 시작부터 존재감을 과시합니다!]

수비에서는 다시 부상당하지 않을까 걱정될 만큼 몸을 날려 공을 낚아챘고.

따악-!

[3루 쪽! 먹힌 타구! 3루수 아드리안 벨트레 대시해서 캐치! 1루로…… 세이프! 세이프입니다! 헤드 퍼스트 슬라이딩을 불사하며 1루로 살아 나가는 데릭 지터! 강렬한 투지입니다!]

[오늘 데릭 지터 선수의 마음가짐이 남다른 것 같습니다.]

공격에서는 머리를 들이밀면서까지 출루를 성공시켰다.

그야말로 솔선수범(率先垂範).

압도적인 지구 1위라는 성적과 승승장구하는 팀의 모습에 조금은 느슨해져 있던 핀스트라이프들의 너트가 빡빡하게 조여졌다.

따악-!

[브렛 가드너! 좌중간을 가릅니다! 주자 2루 돌아 3루까지! 1회부터 무사 1, 3루의 기회를 잡는 뉴욕 양키스!]

[데릭 홀랜드 선수, 이번 시즌 1선발 다르빗슈 유 선수에 버금가는 활약을 펼치고 있는 투수인데요. 오늘 시작부터 식은땀을 흘립니다.]

리드오프의 부담감을 벗어던진 브렛 가드너의 타구가 시원하게 하늘을 날았고.

빼엉-!

[베이스 온 볼스! 추신서 선수가 볼넷을 얻어 내면서 무사 주자 만루가 됩니다!]

[방금은 데릭 홀랜드 선수의 제구가 흔들렸어요. 이렇게 되면 텍사스 레인저스 입장에선 이번 경기가 매우 어려워지는데요.]

추신서는 도망가는 데릭 홀랜드를 굳이 쫓지 않고 무너뜨렸다.

주자가 가득 찬 그라운드.

오랜만에 포수 마스크를 벗은 남자가 타석에 섰다.

[나우 배팅, 넘버 24! 게리-! 산체스-!]

장내 아나운서의 호명에.

"홈~런!"

"홈~런!"

유력한 홈런왕 후보자를 향한 홈런 챈트가 양키 스타디움에 울려 퍼졌다.

[게리 산체스, 오늘은 포수가 아닌 4번 지명타자로 타석에 들어섭니다.]

관중들의 환호를 받으며 늠름하게 서 있는 게리 산체스에게 해설자가 찬사를 쏟아 냈다.

[사실 게리 산체스 선수가 왜 고정 4번 타자가 아니냐는 팬들의 질문

이 참 많아요. 그도 그럴 게, 아직 전반기가 삼 주가량이나 남았는데 무려 25홈런을 때려 낸 선수거든요. 고작 2년 차 만 20세, 심지어 포수가요.]

[대단한 선수죠. 미겔 카브레라, 크리스 데이비스 선수와 첨예한 홈런왕 경쟁을 펼치고 있지 않습니까.]

[맞습니다. 팀 동료인 김신 선수의 연속 MVP 수상을 가로막는 가장 강력한 경쟁자입니다.]

그 말을 들은 것인지, 못 말리는 관심 종자 게리 산체스가 방망이를 치켜세웠다.

그 방망이의 끝이 향한 곳은, 외야 관중석.

예고 홈런이었다.

"우와아아아아-!"

"내가 이래서 산체스를 좋아한다니까!"

관중들의 환호를 만끽하며 게리 산체스가 이를 가는 데릭 홀랜드를 응시했다.

'흥분해라, 흥분해라.'

동시에 귓가에 울리는 포수의 상태에 집중했다.

'그렇게 악당이라던데, 어디…….'

오늘 텍사스 레인저스의 포수는 A. J. 피어진스키.

실력은 준수하지만 더러운 성격 탓에 악당으로 불리는 포수.

기복이 있는 강속구 투수와 성격 더러운 포수의 컬래버레이션으로 나올 만한 공은.

'위협을 겸한 몸 쪽 속구!'

이제는 나름 심리전도 펼 수 있게 된 게리 산체스가 타석에 몸을 웅크렸다.

동시에 A. J. 피어진스키의 사인에 따라, 데릭 홀랜드의 감정 섞인 공이 날아들었다.

뻐엉-!

"스트라이크!"

[한복판에 떨어지는 백도어 슬라이더! 게리 산체스 선수가 예상조차 못한 듯 스트라이크를 헌납합니다!]

게리 산체스가 침을 탁 뱉었다.

'그래도 베테랑이라 이건가.'

아무리 평소에 악당 같은 남자라지만 야구에는 진심인 베테랑 포수는 쉽사리 속아 넘어가지 않았다.

데릭 홀랜드로선 A. J. 피어진스키의 리드를 따를 수밖에 없었을 테고.

'이러면 안 좋은데.'

초구를 노리려 했는데 스트라이크를 헌납하고 말았다.

유리한 고지를 점한 투수에게 다양한 선택권이 주어졌다.

게리 산체스가 눈을 가늘게 떴다.

'나라면 하나 빼 볼 텐데…….'

하지만 데릭 홀랜드의 구종상 우타자를 상대로 밖으로 뺄 만한 변화구는 없는 상황.

게리 산체스가 결심을 세웠다.

[데릭 홀랜드, 제2구!]

하지만 이번에도 게리 산체스의 생각이 틀렸다.

뻐엉-!

"스트라이크!"

[과감한 몸 쪽 승부! 순식간에 투 스트라이크로 몰리는 게리 산체스! 고개를 갸웃하는 모습입니다!]

[볼이 아니냐는 소소한 어필이죠. 상당히 깊긴 했는데, 주심은 텍사스 레인저스 배터리의 손을 들어 줬습니다.]

체인지업을 예상해 타이밍을 늦춰 둔 상태에서 날아든 몸 쪽 속구.

어차피 정타는 힘든 마당에 볼 코스라 그냥 엉덩이만 뺐던 게리 산체스가 허탈하게 웃었다.

'여기서 판정까지…….'

그러나 이미 시위를 떠난 화살인바.

게리 산체스가 배팅 장갑을 동여맸다.

남은 건, 하나뿐.

"흐으……."

그의 재능을 믿는 것.

작게 숨을 불어 내쉬는 게리 산체스에게 데릭 홀랜드의 공이 날아들었다.

그리고.

따아아아악-!

[우측 담장! 우측 담장! 우측 담장! 넘어갑니다-! 그랜드슬램-! 투 스트라이크 노 볼에서 그랜드슬램이 작렬합니다! 예고 홈런을 성공시키는 게리 산체스!]

[무시무시한 파워입니다. 바깥쪽으로 뺐는데 무너진 자세에서도 힘으로 담장을 넘겨 버렸어요. 이러면 투수 입장에서는 기가 찰 수밖에 없죠.]

애런 저지와 코디 벨린저 앞에서.

그들 또래의 메이저리거가 찬란한 재능을, 압도적인 존재감을 과시했다.

게리 산체스뿐 아니라.

따악-!

[조시 도널드슨-! 1, 2루간을 관통하는 타구! 양키스의 공격은 아직 끝나지 않았습니다!]

조시 도널드슨에 이어.

따악-!

[또 쳤습니다! 매니 마차도-! 폭풍같이 몰아치는 뉴욕 양키스! 1회 말이 끝날 기미가 안 보입니다!]

매니 마차도까지.

[양키스의 방망이가 돌아온 캡틴을 환영하는 거 같네요.]

데릭 지터가 더그아웃에서 웃음 짓고.

관중석에 자리한 두 신입의 눈이 타올랐다.

그리고.

[이 선수의 타격을 1회에 볼 줄은 몰랐습니다! 소개합니다. 뉴욕 양키

스의 새로운 1루수! 호세-! 아브레유-!]

또 다른 신입이 걸음을 옮겼다.

'메이저리그 투수도 별거 없나.'

조금은 건방진 중고 신입 사원이.

⚾

개인의 찬란한 성공은 그 개인에게 막대한 자부심을 선사한다.

호세 아브레유가 그랬다.

2003년, 만 17세의 나이로 데뷔해 2012년 만 25세까지.

10년 가까운 시간 동안 쿠바 리그를 초토화시킨 쿠바의 본즈.

4할 5푼의 타율과 10할에 육박하는 장타율을 기록하며 1.5가 넘는 OPS를 찍었던 괴물.

자신의 손으로 쌓아 올린 압도적인 성적은 호세 아브레유에게 오만할 자격을 주었고.

'메이저리그라고 공이 둥글지 않은 건 아니다.'

그 오만은 메이저리그라는 별들의 전장을 정복하고자 마음먹게 했다.

그보다 못한 메이저리거들이 받는 돈, 명예, 인기.

그 모든 것을 쟁취할 수 있으리라 여겼다.

빈곤한 쿠바에서 벗어나 찬란한 아메리카에서 떵떵거릴 수 있으리라 믿었다.

-큰물에서 놀아 보시겠습니까, 미스터 아브레유?

뉴욕에서 왔다는 샌님의 말에 설득당한 게 아니었다.

애초부터 그가 메이저 진출을 바라고 있었을 뿐.

정들었던 고향을 떠나 이역만리 미국으로 향하면서.

호세 아브레유의 입가엔 자신감 넘치는 미소가 떠나지 않았다.

'내가 누군데.'

그는 호세 아브레유.

우물 안 개구리가 아닌, 개천에서 태어났지만 바다를 지배할 용이었으니까.

-미스터 아브레유, 오늘 7번 타자 겸 1루수로 선발 출장이십니다.

통역사에게 선발 출전을 전해 들었을 때.

호세 아브레유는 피식 웃었다.

'7번이라……. 내가?'

얼마 만인지 모를 오랜만에 서게 된 하위 타순.

이해는 했다.

처음 팀에 합류한 선수를, 그것도 메이저리그에 이제 데뷔하는 선수를 다짜고짜 클린업으로 세울 수는 없었을 테니까.

하지만 이해한다는 말과 순순히 받아들인다는 말이 동음이의어는 아닌바.

'보여 주지.'

충분히 기분 나빠진 호세 아브레유가 손에 힘을 주었다.

'내가 어느 위치에 서야 할 사람인지.'

그러나 경기가 진행될수록.

따아아아악―!

[우측 담장! 우측 담장! 우측 담장! 넘어갑니다―! 그랜드슬램―! 투 스트라이크 노 볼에서 그랜드슬램이 작렬합니다! 예고 홈런을 성공시키는 게리 산체스!]

호세 아브레유의 계획에는 차질이 생겼다.

따악―!

[조시 도널드슨―! 1, 2루간을 관통하는 타구! 양키스의 공격은 아직 끝나지 않았습니다!]

그의 앞 순번에 자리한 타자들이 모조리 출루를 하기 시작했던 것이다.

따악―!

[또 쳤습니다! 매니 마차도―! 폭풍같이 몰아치는 뉴욕 양키스! 1회 말이 끝날 기미가 안 보입니다!]

호세 아브레유가 혀를 찼다.

'메이저리그 투수도 별거 없나.'

물론 그가 계약한 뉴욕 양키스가 강력한 팀이라는 건 알고 있었지만.

이건 좀 심하지 않은가.

이래서야 홈런을 쳐 봐야 그다지 임팩트도 없을 터.

'꽤 잘 던지는 친구라고 들었는데…… 이 정도면 3, 4, 5선발은 식후 간식거리도 안 되겠군.'

터무니없는 생각을 견지한 채.

[이 선수의 타격을 1회에 볼 줄은 몰랐습니다! 소개합니다, 뉴욕 양키스의 새로운 1루수! 호세-! 아브레유-!]

호세 아브레유가 방망이를 가볍게 들고 팀 동료들이 차려 둔 밥상 앞에 앉았다.

[쿠바에서 막 망명해 온 선수죠. 쿠바 리그에서는 그 베리 본즈급으로 통한다더군요. 양키스에서 대어를 낚았다는 평이 자자합니다.]

[그렇습니다! 과연 기대를 모으고 있는 양키스의 새로운 1루수가 어떤 모습을 보여 줄지! 긴장되는 순간, 투수 와인드업!]

그리고.

따악-!

[좌중간! 큽니다!]

당연하다는 듯이 초구 포심 패스트볼을 후려갈기고 1루로 향했다.

'싱거워. 1, 2선발급은 돼야 재미가 있겠어.'

하지만 이어지는 상황은 홈런을 확신하던 호세 아브레유를 배반했다.

[좌익수 데이비드 머피! 자리를 잡습니다! 그리고…… 잡아냅니다!]

더 뻗지 못하고 필드 안으로 떨어져 좌익수의 글러브에 빨려 들어가는 공.

[3루 주자 태그 업! 데이비드 머피, 송구를 포기합니다! 홈-인! 뉴욕 양키스가 또 한 점 달아납니다! 신입생 호세 아브레유 선수가 희생플라이로 첫 타점을 신고하네요!]

1루에 닿지 못한 호세 아브레유의 표정이 딱딱하게 굳어졌다.

'왜……?'

정확히 스팟에 맞진 않았지만 충분히 담장을 넘길 수 있는 공이었는데.

[아쉬워하는 모습이네요. 본인은 홈런을 생각한 거겠죠? 하지만 데릭 홀랜드 선수의 구위가 만만치 않았습니다.]

[그래도 과연 명불허전입니다. 정타가 아닌데도 담장 근처까지 공을 날려 보냈어요.]

하지만 그건 잠시뿐.

10년에 달하는 경험이 그의 자기합리화를 도왔다.

'쯧, 운이 좀 없었나 보군. 바람이 강했나?'

아무리 그라고 해도 매번 홈런을 날릴 수는 없었으니까.

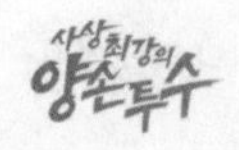

세 번 중에 한 번만 잘 쳐도 충분한 게 타자였으니까.

'다음에는…….'

호세 아브레유가 다음을 기약하며 더그아웃으로 걸음을 옮겼다.

공교롭게도 텍사스 레인저스와의 3연전 동안 호세 아브레유의 자부심은 깨지지 않았다.

따악-!

[좌익수 뒤로! 좌익수 뒤로! 좌익수 뒤로! 담장! 넘어갑니다! 호세 아브레유의 마수걸이 홈런! 기어코 데뷔전에서 홈런을 뽑아내네요!]

[첫 타석과 비슷한 코스로 잘 당겼습니다.]

일찌감치 기울어 버린 승부에 텍사스 레인저스에서 패전처리 투수를 마운드에 올린 덕이었으며.

따악-!

[큽니다! 커요! 쭉쭉 뻗는 공! 담장을…… 넘어갑니다! 호세 아브레유! 이번 시리즈에서만 두 개의 아치를 쏘아 올립니다! 무너지는 저스틴 그림! 양키스 팬들이 환호하고 있습니다!]

[안 그래도 강력했던 양키스 방망이가 더 강해졌습니다. 다른 팀들한테는 청천벽력이군요.]

[특히 지구 2위 보스턴 레드삭스가 매우 심기 불편해하겠군요.]

[그렇겠죠.]

텍사스 레인저스의 빈약한 4, 5선발이 그의 방망이를 견뎌내지 못했기 때문이었다.

홈런 2개를 포함해 3경기 동안 14타수 5안타.

데릭 홀랜드와의 승부에서 느꼈던 위화감을 까맣게 잊어버린 호세 아브레유가 다음 상대를 고대했다.

'때가 왔다.'

그가 어떤 타자인지 제대로 보여 줄 수 있으리라 생각했으니까.

리그 최고의 투수 중 하나를 두들겨 낸다면 조 지라디 감독도 자신을 중용하지 않고는 못 배길 거라고 확신했으니까.

그러나.

〈뉴욕 양키스 VS LA 다저스! 1차전부터 빅뱅 예고!〉

〈김신 VS 클레이튼 커쇼! 양대 리그 가장 유력한 사이 영 컨텐더끼리의 맞대결!〉

과연 호세 아브레유가 웃을 수 있을지는 모를 일이었다.

LA 다저스는 한국인들에게 매우 친숙한 팀이다.

IMF 외환 위기로 낙담한 국민들에게 희망을 준, 박천후의 전성기를 품었던 팀이었으니까.

물론 2012년엔 김신이 뛰는 뉴욕 양키스에게 조금 밀리긴 했지만 2013년엔 다시 뉴욕 양키스의 인기를 바짝 추격하고 있었다.

그 이유는 당연히, 박천후의 뒤를 이어 LA 다저스의 유니폼을 입게 된 선수 덕분이었다.

〈류한준, 선배 박천후의 뒤를 이어 LA 다저스 품에!〉

국내 최고의 좌완이었지만 팀 운이 따르지 않아 고통받던 류한준.

팬들은 메이저리그에서 그가 승승장구하길 기원했고.

〈LA 다저스의 2선발, 류한준! 첫 메이저리그 두 자릿수 삼진!〉

〈한 달간 5번의 QS! 한국의 류한준이 LA의 중심이 되다!〉

그 염원을 그대로 이뤄 준 류한준의 모습은 팬들을 열광케 하기에 충분했다.

동시에 행복한 고민이 대한민국 야구 팬 커뮤니티를 휩쓸었다.

—양키스랑 다저스가 붙으면 누굴 응원해야 됨? 김신이랑 류한준이랑 맞대결하면 누굴 응원해야 됨?

ㄴ이기는 놈 우리 편!

ㄴ근데 현실적으론 김신이 질 수가 없을 듯…… 류한준이 아무리 잘해도 김신한텐 힘들 테고, 다저스 빠따랑 양키스 빠따가 비교 불가라서.

ㄴ다저스 형들 빠따는 왜 이렇게 비실비실한 거임? 우리 한준이는 왜 또 고통받는 거임?

—솔직히 류한준 응원할 거 같다. 아무래도 약한 쪽을 응원하는 게 사람 심리거든.

ㄴㅇㅈ. 언더도그 응원하는 게 국룰이지.

6월 말.

한때의 가십거리로 지나갔던 그 고민이 현실이 됐다.

〈뉴욕 양키스 VS LA 다저스! 한국인 선발 투수 맞대결 성사되나?〉

다만 다행인 건.

〈LA 다저스의 1차전 선발은 클레이튼 커쇼! 뉴욕 양키스는? 김신 출격!〉

한국 팬들의 응원이 갈릴 일은 없을 거라는 점이었다.

—역시 이렇게 되네. 하긴, 로테이션상 이럴 줄 알긴 했지.

ㄴ다행인 거 아님? 1차전은 양키스가 이기고 2차전은 다저스가 이기면 딱이네.

ㄴ그게 그렇게 속 편하게 되겠냐?

하지만 그럼으로써.
오히려 야구팬들의 축제나 다름없는 경기가 성사됐으니.

—이런 야알못들……. 지금 그런 게 중요한 게 아냐. 커쇼랑 김신이랑 맞대결이라고 ㅋㅋㅋㅋㅋㅋ 이게 무슨 뜻인지 모르냐?

ㄴ내셔널리그 1위 VS 아메리칸리그 1위 ㄷㄷ; 손이 떨린다.

호세 아브레유와 더불어, 한미 양국 야구팬들의 시선이 뉴욕 양키스와 LA 다저스의 1차전으로 향했다.

[웰컴 투 메이저리그! 안녕하십니까, 팬 여러분! 지금부터 뉴욕 양키스와 LA 다저스의 경기를 중계 방송해 드리겠습니다! 오늘 경기, 시작부터 큰 화제가 됐던 경기죠?]

[네, 내셔널리그와 아메리칸리그 터줏대감끼리의 대결이기도 하지만, 아무래도 선발 투수들의 이름이 터무니없이 무겁죠.]

[그렇습니다! 아메리칸리그의 김신이냐! 내셔널리그의 클레이튼 커쇼냐! 참으로 기대가 되지 않을 수 없는 경기입니다! 두 선수의 첫 맞대결! 지금 시작합니다!]

익숙한 양키 스타디움의 마운드에 서서.

언제나와 같이 모자를 벗어 관중들에게 인사를 건넨 김신이 손 안의 공을 음미했다.

'LA 다저스.'

2013시즌 초, LA 다저스는 빅 마켓이라는 이름에 걸맞지 않게 부진했다. 클레이튼 커쇼와 류한준의 선발 등판 때를 제외하면 거의 승리하지 못할 정도였다.

지난 3년간에 이어 이번에도 지구 우승은 힘들 거라는 평이 대다수인 상황이었다.

하지만 김신은 알고 있었다.

'월드시리즈에서 만날지도 모르는 팀.'

2013년의 LA 다저스가 어떻게 반등하는지.

세인트루이스 카디널스에게 아쉽게 패하긴 하지만, 후반기 충격적인 행보를 보이며 챔피언십 시리즈까지 올라가는 기염을 토할 팀이 바로 LA 다저스였다.

그의 존재로 미래가 변화하기 시작한 지금이라면, 월드시리즈에서 만날 가능성이 없다고 할 수 없었다.

즉, 김신에게 이번 경기는 월드시리즈에서 만날지도 모르는 적수를 미리 가늠해 볼 수 있는 경기라는 뜻이었다.

그뿐인가? 그것만 해도 전력을 다할 이유가 충분한데, 심지어 두 번의 생을 통틀어 처음 맞상대하게 된 전설적인 투수가 반대편 불펜에 있었다.

꽈악–!

그의 손에 미증유의 거력이 약동하고.

"플레이볼!"

심판의 목소리와 함께 그 힘이 세상에 선을 보였다.

뻐엉–!

"스트라이크!"

이제는 트레이드마크가 된 바깥쪽 낮은 코스의 포심 패스트볼이 미트를 꿰뚫었다.

[닉 푼토! 건드리지 못합니다!]

[저 공은 정말 알고 있어도 치기 힘든 공이예요.]

어쩌면 월드 시리즈의 향방을 확인할 수도 있는 경기가.

뻐엉–!

시작됐다.

아름답다.

사전적으로는, 보이는 대상이 균형과 조화를 이루어 눈과 귀에 즐거움과 만족을 줄 만하다는 말.

하지만 아름답다는 표현은 비단 외관에만 한정되지 않는다.

우리는 종종 어떤 사람의 마음을 아름답다 표현하기도 하고.

누군가의 인생을 아름답다 평하기도 한다.

연인의 풋풋한 감정을 두고 아름답다 논하기도 하며.

전혀 미관상 아름답지 않은 결과물을 보고도 아름답다 찬사를 보낼 때도 있다.

중요한 건 감정이라는 거다.

한 개인이 받아들인 정보가 감정을 움직여 감탄을 자아낼 때.

우리는 아름답다는 표현을 사용한다.

뻐엉-!

김신의 투구를 처음으로 지켜본 소년, 율리시스 케인이 입을 벌렸다.

'아름답다.'

그 말 이외에는 내뱉을 수 있는 단어가 없는 광경.

고작 공을 던지는 행위가 예술의 경지에 다다른 장관.

뻐엉-!

"스트라이크아웃!"

[LA 다저스의 리드 오프, 닉 푼토가 삼진으로 물러납니다! 오늘도 김

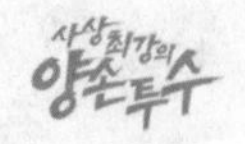

신 선수의 포심 패스트볼이 양키스에게 산뜻한 시작을 선물하네요!]

이제 만 7세. 초등학교 1학년.

고리타분하고 느린 야구보다 박진감 넘치고 스피디한 농구가 훨씬 재미있고 멋지다 생각했던 뉴욕 닉스의 어린 팬이 들뜬 목소리로 소리쳤다.

"끝내줘요! 저 공이 시속 100마일이라는 건가요?"

"그렇단다. 킴은 아주 멋진 사내지. 마운드에서 자신이 할 일이 무엇인지 정확히 알고 있는 투수란다."

오래도록 뉴욕 양키스의 지정 좌석을 지켰던 율리시스의 할아버지, 빅터 케인이 인자하게 웃으며 손자의 머리를 쓰다듬었다.

"어! 킴이 오른손으로 던져요, 할아버지! 투수는 원래 한 쪽 손으로만 던지는 거 아니었나요?"

"원래는 그렇단다. 하지만 말했잖니, 킴은 아주 멋진 사내라고. 킴은 한 손으로만 던지지 않아. 저렇게……."

뻐엉-!

"양손으로 타자를 무너뜨리는 투수란다. 스위치 피처라고 들어 봤니?"

"스위치 피처……."

2번 타자 야시엘 푸이그를 맞아 활개 치는 김신의 우완 언더핸드를 몽롱하게 바라보는 율리시스 케인.

'야구가 이런 스포츠였나……?'

그런 율리시스의 모습에 오관심 없다는 손자를 어르고 달래 야구장으로 인도했던 노인이 넌지시 물었다.

"어떠니. 농구도 물론 재밌지만 야구도 나쁘지 않지?"

마운드에서 눈을 떼지도 못한 채 격렬히 고개를 끄덕이는 손자를 확인한 빅터 케인이 흡족히 웃었다.

'그래, 이래야지!'

아들 내외가 워낙 야구라면 학을 떼서 그동안 잠자코 있었지만, 빅터 케인은 어린 나이에 벌써부터 범상치 않은 자질을 보이는 손자가 무식하게 크기만 한 농구공이 아니라 작고 예술적인 야구공을 잡길 바랐다.

물론 손자가 싫어한다면 강요할 생각은 없었지만…….

'아무래도 그럴 것 같지는 않군.'

김신의 투구를 정신없이 관람하는 손자의 옆얼굴만 봐도 그가 걱정하는 일은 없을 듯싶었다.

만족스럽게 팔짱을 낀 빅터 케인이 좌석에 등을 기댔다.

"Kim Will Rock You-!"

그리고 이 자리에서 킴과 가장 가까운 사람의 외침을 음미하며.

'캐시도 참 한결같아.'

잠시 아주 행복한 상상에 빠졌다.

'킴과 캐시의 아이와 우리 율리시스가 핀스트라이프를 입고 저 아래에서 함께 뛴다면 정말 여한이 없을 텐데.'

어쩌면 이뤄질지도 모르는 행복한 상상에.

'아니지, 킴까지 셋이서 뛰면 그야말로 금상첨화겠어. 암, 그래야지. 킴이라면 20년은 거뜬할 테니까.'

노인의 바람을 이루어 주려는 듯이.

뻐엉-!

두 새싹 앞에서 김신의 공이 선명히 반짝였다.

뻐엉-!

1회 초.

닉 푼코-야시엘 푸이그-아드리안 곤잘레스로 이어지는 LA 다저스의 상위 타선은 삼자 범퇴로 물러났다.

그러나 양키 스타디움에 원정 온 소수의 다저스 팬들은 더욱 목소리를 높였다.

"렛츠 고, 다저스!"

그 이유는 두말할 것 없이 1회 말 마운드에 오르는 투수 때문이었다.

[피처, 클레이튼 커쇼.]

클레이튼 커쇼.

'샌디 코팩스의 전성기를 보지 못한 사람이라면 차선책은 커쇼의 경기를 보는 것이다.'라는 말로 대표되는 LA 다저스의 좌완 에이스.

레프티 그로브-워렌 스판-스티브 칼튼-랜디 존슨이라는 역대 최고의 좌완 투수 계보에 이름을 올릴 것으로 유력하게 점쳐지는 남자.

가을에 약하다는 흠이 있긴 하지만, 지금은 6월.

페넌트레이스의 절대 강자가 모습을 드러냈다.

그의 첫 번째 상대는 당연히…….

[나우 배팅, 넘버 2! 데릭-! 지터-!]

돌아온 양키스의 캡틴, 데릭 지터.

깜짝 복귀 후 텍사스 레인저스와의 3연전을 모두 승리로 이끈 노련한 리드오프였다.

꽈악-!

데릭 지터가 배팅 장갑을 동여매며 마운드의 투수를 응시했다.

그 얼굴에 가득 찬 선명한 감정들을 확인했다.

'닮았군.'

압도적인 투쟁심.

이 경기를 자신이 책임지겠다는 고집.

시대의 찬사를 받은 대투수들의 모습이 그 얼굴에 겹쳐 보였다.

작년 올스타전이나 재작년 대결에선 확인할 수 없었던 변화였다.

그라운드에서 투수와 타자로 만나지 않으면 알 수 없는 무언의 기세가 확연히 달랐다.

'완전히 무르익었어.'

데릭 지터가 직감했다.

1년 전만 해도 어린 티를 벗지 못했던, 마운드에 서서 피칭을 준비하는 저 투수가 한 걸음 성장했음을.

대투수의 칭호를 계승할 준비를 끝마쳤다는 사실을.

그 순간이었다.

"흐읍-!"

짧은 기합성과 함께 클레이트 커쇼의 손에서 흰색 곡선이 뻗어 나왔다.

포물선을 그리며 우타자인 데릭 지터의 몸 쪽 낮은 코스로 떨어지는 폭포수.

뻐엉-!

"스트라이크!"

클레이트 커쇼의 성명절기(聲名絕技).

그에게 포스트 샌디 코팩스라는 칭호를 선사했던 무기.

커브였다.

불안한 예감은 결코 틀리는 법이 없다는 걸 재확인한 데릭 지터가 씁쓸하게 헬멧을 매만졌다.

'역시…… 오늘 경기 결코 쉽지 않겠군.'

하지만 쉽지 않다는 게 이길 수 없다는 말은 아닌 법.

수많은 대투수를 이겨 내고 그라운드에 족적을 남긴 남자가 자세를 가다듬었다.

뻐엉―!

"스트라이크!"

[초구 커브에 이은 바깥쪽 낮은 코스의 포심! 데릭 지터를 투 스트라이크로 몰아붙이는 클레이튼 커쇼입니다!]

[클레이튼 커쇼 선수의 포심은 평범한 포심이 아닙니다. 특유의 회전축과 피칭 메커니즘 탓에 다른 포심들보다 기본적으로 덜 떨어지는 공이거든요! 뉴욕 양키스 선수들, 오늘 승리를 위해선 저 포심에 적응해야 합니다!]

물론 자세를 좀 가다듬었다 해서 갑자기 공이 수박만 하게 보이는 비현실적인 일은 벌어지지 않았다.

오히려 생소한 움직임을 보이는 포심 패스트볼에 카운트를 헌납했다.

하지만 데릭 지터는 낙담하지 않았다.

그가 노리는 건 비단 이번 타석의 승리만이 아니었으니까.

치면 좋겠지만 못 쳐도 상관없다.

투수와 달리 타자에게는 아직 기회가 많았으며.

뒤를 맡길 수 있는 동료도 있었으니까.

'뭐, 그렇다고 안 칠 건 아니지만…….'

따악―!

[1루 쪽! 벗어납니다! 커팅해 내는 데릭 지터!]

[삼구삼진은 허용치 않겠다는 듯하네요.]

리드오프 본연의 역할에 충실하고자 마음먹은 대타자가 몸을 웅크렸다.

[클레이튼 커쇼, 제4구!]

따악-!

[높이 뜬 공, 멀리 뻗지 못합니다! 중견수 안드레 이디어, 가볍게 처리! 스리아웃! 뉴욕 양키스의 1회 말 공격이 삼자범퇴로 종료됩니다!]

데릭 지터는 결국 6구째 커브에 삼진으로 물러났다.

그리고 뒤따라 타석에 선 브렛 가드너와 추신서도 이렇다 할 결과를 만들어 내지 못했다.

내야 땅볼과 중견수 플라이.

양키스의 1회 말 공격이 소득 없이 종료됐다.

하지만 1회 말을 맞이했던 소수의 다저스 팬들이 그랬던 것만큼이나.

아니, 그것보다 더욱 크게 양키스 팬들이 목소리를 높였다.

"렛츠 고, 양키스!"

2회 초, 마운드를 책임질 투수의 이름을.

그에 대한 믿음을 노래했다.

"Kim Will Rock You-!"

익숙한 음율을 감상하며, 김신이 마운드로 걸어 나왔다.

스윽- 스윽-.

투구판의 흙을 다지는 것으로 마운드를 자신의 둥지로 만들어 나가는 김신.

그 모습을 바라보던 데릭 지터가 문득 방금 전 마주했던 클레이튼 커쇼의 얼굴을 떠올렸다.

'생각해 보니…… 오늘 선발투수들이 비슷한 면이 있군.'

강력한 포심 패스트볼.

슬라이더, 커브, 체인지업의 전통적인 스킬 셋.

그 모든 구종을 원하는 대로 구사할 수 있는 제구력.

등판일에 평소와 달리 극도로 예민해지는 마인드 컨트롤.

당연히 세부적으로 들어가면 차이가 없을 순 없었다.

체인지업을 거의 활용하지 않는 커쇼에 비해 김신의 체인지업은 훌륭한 무기였고.

커브만 비교했을 땐 커쇼의 커브가 더 큰 변화를 일으켰다.

포심의 구속이 달랐으며, 한 종류밖에 없는 커쇼의 포심과 달리 김신은 평범한 포심과 라이징 두 종류를 구사할 수 있었다.

그럼에도.

김신과 클레이튼 커쇼가 많은 면에서 비슷하다는 걸 부인하긴 힘들었다.

아니, 어쩌면 그렇게 닮았기에 양대 리그를 각각 지배하고

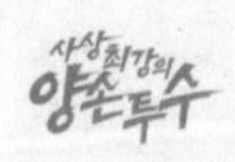

있는 걸지도 몰랐다.

하지만 그건 '왼팔'만을 생각했을 때의 이야기.

데릭 지터의 팔이 안으로 굽었다.

'김신이 낫지.'

객관적인 지표를 떠나 주관적으로도.

오랜 세월 많은 투수를 상대했던 타자로서의 결론이었다.

클레이튼 커쇼의 얼굴을 보면 다른 대투수들의 얼굴이 떠오른다.

물론 그것만으로도 훌륭하다.

역사에 이름을 남길 투수라 할 만하다.

그러나 김신의 등을 보면 김신만이 떠올랐다.

다른 대투수가 아니라, 스스로의 길을 열어 가고 있는 김신이라는 스위치 피처만이.

등에 박히는 데릭 지터의 눈길을 인지한 것인지.

김신이 그 믿음에 대답했다.

[김신 선수, 오른팔을 들어 올립니다! 헨리 라미레즈를 상대로 우완 투구를 선택하네요!]

그 누구도 따라할 수 없는 김신의 시그니처.

농구밖에 몰랐던 어린아이의 감정을 움직였던 오른팔이 불끈 힘을 토해 냈다.

[김신 선수, 초구!]

헨리 라미레즈의 방망이 위로.

공이 튀어 올랐다.

부우웅—!

"스트라이크!"

[초구 스트라이크! 업슛이 헨리 라미레즈 선수의 방망이를 외면합니다!]

[참 어려운 공이에요. 유일하게 위로 상승하는 구종이니만큼 작년에 양키스와 경기가 없었던 LA 다저스 선수들은 적응하는 데 애를 좀 먹을 겁니다.]

[1회 말에 커쇼 선수의 포심 패스트볼을 두고도 비슷한 말씀을 하셨던 것 같은데, 그럼 오늘 경기 양 팀 타자들이 생소한 선발투수에게 얼마나 잘 적응하느냐가 승부의 관건이라 봐도 될까요?]

[그렇습니다. 결국 점수를 내야 이기는 스포츠가 야구니까요.]

김신이 들었다면 코웃음을 뱉었을 발언이었다.

투 피치, 스리 피치도 아니고.

양손을 사용하는 에잇 피치 투수에게 한 경기 만에 적응을 논한다니.

난센스도 그런 난센스가 없었다.

그리고 설령 적응하는 데 성공했다 할지라도.

빠엉—!

"스트라이크!"

공을 쳐 내는 건 다른 이야기.

[94마일! 절묘하게 바깥쪽에 걸칩니다! 투 스트라이크!]

점수를 낼 수는 없지만.

팀을 승리로 이끌기엔 충분한 투수의 공이 홈플레이트에서 어지러이 피어올랐다.

뻐엉-!

아름다운 곡선이었다.

더닝 크루거 효과(Dunning-Kruger Effect).

능력이 부족한 사람은 자신의 능력을 과대평가하고, 능력이 뛰어난 사람은 되레 자신의 능력을 과소평가하는 현상.

1990년대 코넬 대학교 사회심리학 교수 데이비드 더닝과 대학원생 저스틴 크루거가 인간의 인지 편향을 연구한 끝에 발표한 논문의 주제로.

무식하면 용감하다.

혹은 벼는 익을수록 고개를 숙인다.

……와 같은 속담에서도.

지자불언 언자부지(知者不言 言者不知).

아는 사람은 말하지 않고, 말하는 사람은 알지 못한다.

……라는 도덕경의 글귀에서도.

랍비를 길러 내던 유대교의 율법 학교에서도.

서양 유수의 철학자들 사이에서도.

심지어는 인터넷 밈에 이르기까지도.

많은 사람이 체감하고 이야기한, 누구나 들으면 고개를 끄덕일 법한 진리다.

그러한 진리는 당연히 야구에도.

클레이튼 커쇼에게도 적용됐다.

-넌 천재야, 커쇼!

고등학생 시절.

13승 무패, 0.77이라는 평균자책점을 작성하고.

5회 콜드 게임 동안 15명의 타자를 모조리 삼진으로 돌려세웠을 무렵.

클레이튼 커쇼의 자신감은 하늘 끝에 닿아 있었다.

자신의 실링이 아닌 현재 능력을 과대평가했다.

마치, 요란한 빈수레처럼.

하지만.

빼엉-!

[베이스 온 볼스! 클레이튼 커쇼, 다시 볼넷! 이 선수 제구가 많이 흔들립니다!]

[빠르기만 하다고 다가 아니죠. 잠재력은 엄청나지만 역시 아직 미완의 대기입니다.]

메이저리그에 올라오고 나서, 클레이튼 커쇼는 깨달을 수밖에 없었다.

자신이 우물 안 개구리였으며.

우물 밖에는 괴물들의 세상이 있었노라고.

그러나 클레이튼 커쇼의 재능은 비단 육체에만 있지 않았다.

그는 일어섰다.

벽을 뛰어넘기 위해 변화를 꾀했고.

그라운드에서 구슬땀을 흘렸으며.

손에 부르트도록 공을 던졌다.

커브라는 자신의 성명절기를 잠시 내려놓을 줄 알았고.

다른 사람의 조언에 귀를 기울일 줄 알았다.

그의 재능을 믿은 구단과 가족, 그리고 여자 친구의 든든한 지원이 그를 지지(支持)했다.

그 결과.

[2011시즌 내셔널리그 사이 영. 수상자는! 클레이튼 커쇼! LA 다저스의 클레이튼 커쇼 선수입니다!]

클레이튼 커쇼는 마침내 메이저리그 정상에 우뚝 설 수 있었다.

그 무렵, 커쇼는 명백히 고개 숙인 익은 벼였다.

스스로의 능력을 과소평가했다.

그럴 수밖에 없었던 이유.

빼엉—!

'아직 아니야. 더 정확하게.'

잠시간 내려놓았던 커브의 제구가 여전히 흔들리고 있었기 때문이었다.

자신의 심상에 놓인 산 정상은 저 멀리 있었기 때문이었다.

그리고 2012년.

빼엉—!

[삼진! 결정구는 커브였습니다! 자체적으로 위기를 탈출하는 클레이튼 커쇼!]

[올해 들어 새롭게 정비한 커브가 타자들의 악몽이 되고 있네요!]

마침내 클레이튼 커쇼는 스스로가 생각했던 정상의 자리에 올랐다.

자신을 과소평가하지 않게 되었고, 마운드에 설 때면 누구라도 때려눕힐 수 있다 확신하게 되었다.

그런데, 바로 그 해.

커쇼가 생각지도 못한 투수가 등장했다.

[어—메이징! 김신 선수! 믿을 수 없는 수비와 함께, 믿을 수 없는 기록을 세웁니다!]

좌완 오버핸드와 우완 언더핸드.

양손을 모두 리그 정상급으로 구사하며 데뷔전 퍼펙트를

시작으로 그가 고등학교 때나 찍었던 성적을 메이저리그에서 만들어 나가는 신예.

김신이었다.

―허…….

충격적이었다.

그 충격량을 부정할 순 없었다.

그러나 결코…….

그 충격이 클레이튼 커쇼를 흔들 수는 없었다.

그는 이미 고등학생이 아니었다.

메이저리그에 갓 데뷔한 애송이가 아니었다.

짧지만 강렬한 메이저리그에서의 몇 년이 남긴 것은 스스로에 대한 확신과 발전에 대한 의지뿐.

반쯤 구도자의 경지에 오른 남자는 그저.

빠엉―!

공을 던졌다.

빠엉―!

언젠가 만날 김신이라는 강력한 투수를 상대로.

팀의 승리를 견인하기 위해서.

그렇게 2013년 6월이 되었고.

빠엉―!

"스트라이크아웃!"

[삼진! 매니 마차도를 삼진으로 돌려세우는 클레이튼 커쇼! 양 팀의 선발투수가 2회까지 무실점을 기록합니다!]

클레이튼 커쇼의 공이 스스로의 땀방울이 헛되지 않았다는 걸 증명했다.

"후우……."

숨을 고르며 마운드에서 내려와 더그아웃에 자리 잡은 클레이튼 커쇼가 고개를 들어 다시 마운드를 바라보았다.

자신을 채찍질해 준 존재가 그곳에 있었다.

아니.

뻐엉-!

[102마일! 스킵 슈마커, 반응조차 하지 못합니다!]

오늘도 계속해서 채찍을 휘두르고 있는 남자가.

클레이튼 커쇼의 손에 힘이 들어갔다.

꽈악-!

더닝 크루거 효과를 정면으로 깨뜨리는 어구, 지피지기면 백전불태를 신조로 삼고.

너 자신을 알라던 소크라테스의 감탄을 토해 내게 만드는 남자가 연신 팔을 휘둘렀다.

뻐엉-!

클레이튼 커쇼의 휴식이 찰나지간에 종료되었다.

[다시 삼자범퇴! 경기는 이제 3회 말로 갑니다!]

3회 말.

데이비드 더닝과 저스틴 크루거가 봤다면 저게 바로 더닝 크루거 효과라고 외칠 법한 핀스트라이프가 타석에 들어섰다.

[호세 아브레유. 지난 텍사스 레인저스와의 3연전에서 맹타를 휘두른 양키스의 신입이 3회 말 첫 번째 타자로 타석에 들어섭니다.]

[아직 집계 기간은 짧지만 14타수 5안타, 3할 5푼 7리의 타율을 기록하고 있는 선수입니다. 이 정도면 성공적인 데뷔를 치르고 있다고 봐야겠죠.]

[양키스 팬들 입장에서는 입이 찢어지는 상황입니다만, 오늘도 과연 웃을 수 있을지는 모르겠습니다. 클레이튼 커쇼! 호세 아브레유를 상대합니다!]

호세 아브레유.

정확히는 스스로에 대한 더닝 크루거 효과라기보단, 메이저리그에 대한 더닝 크루거 효과를 겪고 있는 남자였다.

포수와 사인을 교환하는 클레이튼 커쇼를 응시하며.

호세 아브레유가 방망이를 까딱거렸다.

'확실히 여태까지 중에 제일 낫긴 해. 하지만…….'

호세 아브레유라고 눈이 없는 것은 아닌바.

클레이튼 커쇼가 지금까지 만났던 투수들과는 차원이 다

른 존재라는 건 그도 확인했다.

하지만 그렇다고 칠 수 없냐고 묻는다면?

'글쎄.'

여전히 자신에 대한 믿음과 메이저리그에 대한 과소평가로 가득한 호세 아브레유가 대답을 내놓았다.

그게 무슨 개소리냐고.

그 순간, 그의 생각이 맞는지 확인하기 위한 질문이 날아들었다.

뻐엉—!

[바깥쪽! 들어가지 않았다는 판정! 볼입니다!]

초구 볼.

호세 아브레유의 착각이 심화됐다.

'어렵게 승부하겠다는 건가. 똑똑하군.'

데뷔전. 데릭 홀랜드의 포심을 담장 너머로 넘기지 못했을 때 느꼈던 위화감이 그를 침범하려 했으나, 호세 아브레유는 무의식적으로 그 공격을 방어해 냈다.

그 결과는 당연히.

부우웅—!

"스트라이크!"

참교육의 시작이었다.

[다시 바깥쪽! 비슷한 코스였지만 결과는 달랐습니다! 1—1이 됩니다!]

[타이밍은 맞았는데 공이 배트 위로 지나갔죠? 이미 말씀드렸지마는

호세 아브레유 선수도 클레이튼 커쇼 선수의 특이한 포심 패스트볼에 바로는 대처하지 못하는 모습입니다.]

[하하. 그게 됐다면 클레이튼 커쇼 선수가 사이 영을 수상하지 못했겠죠.]

전혀 아쉽지 않은 상황.

유일하게 호세 아브레유만이 입맛을 다셨다.

'한 번만 더 와라!'

그 말을 들은 것처럼.

[클레이튼 커쇼, 제3구!]

비슷한 코스로 공이 쏘아졌다.

'좋아!'

보통은 뭔가 노림수가 있으리라 생각하는 게 타당한 전개였지만, 이미 굳어 버린 호세 아브레유의 두뇌는 기쁨만을 표해 냈고.

따악-!

[먹힌 타구, 투수 정면으로! 클레이튼 커쇼 직접 잡아서 1루로…… 아웃입니다!]

강제로 첫 번째 단원을 학습하게 됐다.

[체인지업에 완벽히 걸렸어요. 바깥쪽 공 세 개만으로 손쉽게 아웃을 잡아내는 클레이튼 커쇼 선수입니다.]

[체인지업을 잘 구사하지 않는 클레이튼 커쇼 선수인데, 의외의 결정구였군요.]

[그렇다기보단 호세 아브레유 선수가 너무 뻔한 함정에 걸려들었다고 평하는 게 맞지 싶습니다.]

하지만 이해가 느린 학생, 호세 아브레유는 가르침을 받아들이지 못했다.

'다음에는…….'

아직 많이 남아 있는 타석을 기약하는 호세 아브레유.

더그아웃으로 걸어오는 그를 향해 김신이 소리 없이 명대사 하나를 건넸다.

'웰컴 투 메이저리그.'

다양한 인종과 국적의 선수들이 모이는 메이저리그.

그곳에 처음 합류한 선수가 통역사를 쓰는 건 어찌 보면 당연한 일이다.

그러나 통역사를 쓰면서도 선수들과 가까워지려 하고, 다른 언어를 배우고자 하는 선수와.

그런 의지 따위는 없이 통역사에게만 의지하는 선수는 확연히 다른 법.

호세 아브레유는 그중 후자였다.

스페인어를 할 줄 아는 선수들과만 조금 대화할 뿐, 팀과 하나가 되기 위한 노력 자체를 하지 않았다.

거기까지였으면 그나마 괜찮았을지 모르겠지만.

'꼭 티를 낸다니까.'

메이저리그가 쿠바 리그인 줄 아는 오만함과 그 오만함을 숨길 생각도 하지 않는 자세는 순식간에 호세 아브레유를 밉상으로 만들었다.

하지만 그 누구도 팀의 케미를 중시하는 데릭 지터까지도 아무런 이야기도 하지 않았다.

알고 있었으니까.

'한번 깨져 봐야 정신 차리지.'

현실을 자각하는 이벤트 없이는 씨알도 먹히지 않는다는 걸.

그리고 대부분 확신했다.

오늘이 바로 그날이라고.

'이제 좀 달라지려나.'

승패를 떠나 그것만으로도 오늘 경기는 의미가 있다고.

그리 생각하며 고개를 주억거리던 김신의 머릿속 화제를 바꾼 건 호세 아브레유에게 격려를 건네는 한 남자의 모습이었다.

"고생하셨어요."

"……."

게리 산체스.

양키스 선수들 중 유일하게 호세 아브레유를 챙기는 남자.

제 버릇 개 못 주고 넘치는 친화력을 과시하는 게리 산체스를 바라보며 김신이 미간을 좁혔다.

'원래 한 성격 했다더니…… 너무 바뀐 거 아냐?'

그와 데릭 지터의 영향이 있긴 했겠지만 그것만으로는 설명할 수 없는 심대한 변화가 당황스러웠다.

아니, 친화력 있는 거랑 저런 싸가지를 받아 주는 거랑은 다르지 않은가.

도대체 어떤 스노볼이 굴러갔는지 알 길이 없었다.

하지만 김신은 이내 미간의 주름을 풀었다.

'뭐, 잘 치고 잘 잡고 멘탈도 클린하니 됐지.'

현재의 게리 산체스에게도, 미래, 캡틴으로서의 게리 산체스에게도 도움이 됐으면 됐지 해가 될 것 같진 않았으니까.

자신에 대한 분석은 정확하지만 그 자신을 향한 핀스트라이프들의 시선은 잘못 분석한.

미래에 대한 작은 오판을 견지한 남자가 그라운드로 시선을 돌렸다.

부우웅—!

[스윙 앤 어 미스! 헛스윙 삼진으로 물러나는 오스틴 로마인! 클레이튼 커쇼 선수의 커브에 속수무책입니다!]

[오늘따라 클레이튼 커쇼 선수의 커브가 더 예리하게 들어가고 있습니다. 본인도 그걸 아는지 커브의 비중을 높이고 있고요.]

[오늘 멋진 투수전이 예상된다는 말씀이시군요.]

[그렇습니다.]

김신의 차례가 돌아오고 있었다.

"후우……."

흩어지는 날숨과 함께.

뉴욕 양키스의 미래를 향해 잠깐 외유를 갔던 차기 캡틴의 정신이 다시 날카롭게 벼려지기 시작했다.

빼엉-!

경기가 계속됐다.

인간은 오감을 통해 환경을 파악한다.

그중에서도 확연히 '주로' 이용하는 감각이 있다.

바로 시각이다.

그런데 이 시각은 완벽하지가 않다.

원근감과 입체감을 위해 두 개의 눈을 가졌음에도, 수많은 요소가 인간의 인지를 혼란시킨다.

때로는 착시 효과로 인해서든, 때로는 잔상 효과로 인해서든, 맹점(盲點)이라는 구조적 결함 때문이든, 그것도 아니라면 경험에 의한 오판이든.

인간의 시각은 스스로를 속일 때가 많다.

2013년 6월.

아름다운 곡선들이 양키스와 다저스 타자들의 인지(認知)를 무자비하게 난도질했다.

뻐엉—!

"스트라이크!"

[업슛! 김신 선수의 업슛이 정말 살아 있는 것같이 포수 미트로 빨려 들어갑니다!]

수많은 구종 중에서 유일하게 '실제로' 솟아오르는 공.

우완 언더핸드에서 태동한 역류성 커브가 자연의 섭리를 어겼고.

뻐엉—!

"스트라이크아웃!"

[루킹 삼진! 닉 푼토, 이번 경기 세 번의 타석에서 세 번 모두 삼진으로 물러납니다! 다저스의 리드오프를 완벽히 제압하는 김신 선수!]

인간이라는 동물의 신체 한계를 시험하는 마구가 그들의 부족함을 일깨웠다.

7이닝 동안 간신히 1번의 출루.

후반기 다저스 돌풍의 주인공 중 하나인 야시엘 푸이그의 텍사스성 안타가 아니었다면 퍼펙트로 끌려갔을 정도로.

김신의 곡선들이 다저스 타자들의 입과 방망이를 모두 침묵시켰다.

물론 양키스 방망이도 사정은 별반 다르지 않았다.

뻐엉—!

[삼진! 클레이튼 커쇼 선수의 커브가 또 한 명의 타자를 돌려세웁니다!]

쭉 뻗은 왼쪽 팔에서부터 포수의 미트까지.

선명한 반월형 궤적을 그리며 타자들의 헛웃음을 자아 내는 커브.

뻐엉-!

"스트라이크!"

평범한 투수들의 그것보다 10~15cm가량 높게 형성되며 타자들의 경험을 속이는 포심 패스트볼.

6이닝 동안 3번의 출루.

그것도 볼넷이나 히트 바이 피치 등의 사구 없이 산발적인 3개의 단타.

클레이튼 커쇼의 곡선들이 그리도 뜨겁다는 양키스의 방망이를 차갑게 식혔다.

그중에는 당연히 쿠바의 본즈에서 메이저리그의 본즈가 되고자 했던 사나이, 호세 아브레유도 있었다.

7회 말 2아웃.

조시 도널드슨이 만들어 낸 팀의 네 번째 안타 덕에 조금 빨리 세 번째 타석에 서게 된 호세 아브레유.

"……."

경기가 시작될 때만 해도 나른하다고 할 만큼 자신 있어 했던 그의 얼굴에서 턱이 불룩 튀어나왔다.

'공은 충분히 봤다. 이번에야말로……!'

자신도 모르게 이를 꽉 깨문 것이었다.

세 번 중에 한 번은 반드시 이길 수 있다는 자기 확신의 표현이었으며.

스멀스멀 그를 잠식해 오는 현실 인식을 부정할 마지막 기회를 잡고자 하는 의지의 발산이었다.

[1루에는 조시 도널드슨, 타석에는 호세 아브레유. 긴장되는 순간입니다.]

[투아웃이긴 하지만 자칫 실수 한 번에 경기가 기울 수도 있는 상황이죠. 호세 아브레유 선수도 한 방이 있는 데다, 설령 홈런이 아니더라도 조시 도널드슨 선수의 발이라면 큼지막한 타구 하나에 홈플레이트를 훔칠 수 있습니다!]

[그렇습니다. 말씀드리는 순간, 클레이튼 커쇼! 움직입니다!]

하지만.

부우웅—!

오늘 그에게 단 한 번의 손맛도 허용하지 않았던 커브가 갑자기 제 속살을 내보일 리 만무한 일.

공이 호세 아브레유의 방망이를 당연하다는 듯 스쳐 지나갔다.

[헛스윙! 초구 스트라이크를 잡아내는 클레이튼 커쇼!]

[오늘 커쇼 선수가 정말 컨디션이 좋습니다. 커브면 커브, 슬라이더면 슬라이더, 포심이면 포심. 모든 구종이 칼같이 들어가고 있어요!]

초구뿐만이 아니었다.

빼엉-!

[몸 쪽 깊었습니다. 볼. 1-1이 됩니다.]

다음 공은 운이 좋아 볼로 판정됐지만.

바로 이어진 그다음 수가 매정하게도 호세 아브레유를 몰아세웠다.

빼엉-!

"스트라이크!"

바깥쪽에서 안쪽으로 들어오는 프론트도어 슬라이더.

호세 아브레유의 위기감이 턱 끝까지 차올랐다.

그도 그럴 것이 오늘 호세 아브레유는 첫 대결에서 일부러 건드리라고 던져 줬던 체인지업을 제외한 다른 모든 구종에 손도 대지 못했으니까.

'이게 메이저리그 1선발…….'

포심, 슬라이더, 커브.

전통적이라는 말이 붙을 만큼 흔한 구종이지만 그 흔한 구종들이 모두 플러스급 이상.

메이저리그 수위를 다투는 에이스의 위상이 호세 아브레유의 뇌리에 박혀 들었다.

하지만.

뿌득-!

아직은 아니었다.

아직 그는 패배하지 않았다.

저 마운드에 서 있는 남자가 지난 시간 상대했던 투수들과 전혀 다르다는 건 인정하겠지만, 그게 못 이겨 낸다는 소리는 결코 아니었다.

호세 아브레유의 전신에 마지막 오기가 가득 찼다.

그리고 기다렸다는 듯이 클레이튼 커쇼의 손에서 그의 성명절기가 튀어나왔다.

'커브!'

극도로 집중한 호세 아브레유의 눈에 톱스핀 특유의 슬쩍 솟는 움직임이 거짓말처럼 선명히 포착됐다.

천고의 기회를 잡은 고집쟁이의 방망이가 힘차게 맥동했다.

부우웅-!

지금의 그를 있게 한 승리의 기억들이.

오늘 더그아웃에서, 대기 타석에서, 배터 박스에서 몇 번이고 봐 왔던 아름다운 궤적이 그의 눈동자 너머에 새겨졌다.

따악-!

학수고대하던 소리가 호세 아브레유의 귓가를 울렸다.

[쳤습니다! 좌측 큽니다! 좌익수 뒤로! 좌익수 뒤로!]

그러나.

[아, 더 뻗지 못합니다! 제리 헤어스턴 주니어! 기다리다가…… 잡아냅니다! 스리아웃! 뉴욕 양키스의 7회 말 공격이 종료됩니다! 잔루는 1

루! 여전히 전광판의 숫자는 올라가지 않았습니다!]

공교롭게도 희생 플라이를 기록했던 첫 번째 타석처럼.

호세 아브레유의 타구는 담장 너머의 젖과 꿀이 흐르는 땅에 도달하지 못했다.

추욱-.

더그아웃으로 터덜터덜 걸어오는 쿠바산 강타자의 어깨가 늘어졌다.

8회 초.

수비를 위해 투수의 등 뒤에 선 뉴욕 양키스의 캡틴, 데릭 지터의 눈동자가 왼쪽으로 슬쩍 돌아갔다.

굳은 얼굴로 1루를 지키고 있는 신입이 그의 시야 끝에 담겼다.

'쯧, 아깝긴 했다.'

참교육을 한번 당할 필요는 있었지만, 그게 팀의 승리보다 우선될 순 없는 법.

7회 말.

클레이튼 커쇼의 마지막 커브를 상대로 한 호세 아브레유의 스윙은 충분히 아까웠고, 칭찬받을 만했다.

평소였다면 아마 그 공은 담장을 넘어갔을 것이다.

평소였다면.

문제는, 오늘 상대 팀 투수인 클레이튼 커쇼의 컨디션이 그야말로 미친 수준이라는 것.

호세 아브레유뿐 아니라 메이저리그를 초토화시키던 핀스트라이프들이 속수무책으로 타석에서 튕겨져 나갈 만큼.

'하여간 투수라는 족속들은…….'

데릭 지터가 오늘의 클레이튼 커쇼에게 합법적 마약을 주입했다고 생각되는 제1 용의자를 흘겼다.

그 클레이튼 커쇼보다 더한 퍼포먼스를 자랑하고 있는 그들의 에이스를.

뻐엉-!

등에 틀어박히는 시선을 아랑곳하지 않은 채.

타자들의 난감함에 일말의 책임도 느낄 생각 없는 투수가 공을 던졌다.

뻐엉-!

시원스레 미트를 꿰뚫는 익숙한 소리가 데릭 지터의 얼굴에 웃음기를 불러왔다.

'그래, 이놈이 선발인데 무슨 불평이냐.'

분명 김신을 상대할 때, 적 팀 투수들이 승부욕을 불태우는 건 맞다.

그로 인해 경기력이 소폭 상승하는 경우가 왕왕 있는 것도 맞다.

오늘의 클레이튼 커쇼가 그러했고, 작년 포스트시즌의 저스틴 벌랜더가 그러했으며.

펠릭스 에르난데스도, R. A. 디키도, 더 멀리 가서 제러드 위버도 그러했다.

근데 그래서 어쩌라고.

우리 선발이 김신인데?

그 정도는 당연히 감당해야 할…… 아니, 기쁘게 받아들여야 할 반작용이 아닌가 말이다.

오히려 반대로 김신이라는 투수가 뿜어내는 아우라에 상대 투수의 경기력이 떨어지는 경우도 있지 않은가 말이다.

데릭 지터가 짐짓 방금 전의 자신을 꾸짖었다.

'타자는 타자의 역할을 해야지.'

동시에 지금 그럴 여유가 있냐는 듯.

따악-!

김신의 불평이 데릭 지터에게 날아들었다.

[유격수 정면! 불규칙 바운드!]

3달을 쉬었지만 3경기 만에 원상태로 돌아온 데릭 지터의 노련한 몸이 제 역할을 해 냈다.

[What a Play! 데릭 지터의 환상적인 캐치! 가볍게 1루로! 아웃입니다!]

[역시 데릭 지터입니다. 언제나 자신의 할 일을 확실하게 해 주는 선수죠.]

데릭 지터의 시선이 1루를 지나 마운드로, 그리고 홈플레이트로 향했다.

뻐엉-!

언제나 야수들에게 시간을 부여해 주는 투수의 공이 그곳에 있었다.

8회 말.

뉴욕 양키스의 선두 타자는 8번 오스틴 로마인으로 예정돼 있었다.

게리 산체스의 뒤를 받치는 백업 포수로서 수비력은 나무랄 데 없지만 방망이는 영 시원찮은 남자.

즉, 클레이튼 커쇼와 다저스 입장에선 쉬어 가는 타순이었다.

하지만, 실제로 8회 말 가장 처음 올라온 핀스트라이프는 오스틴 로마인이 아니었다.

[뉴욕 양키스. 핀치 히터, 넘버 14! 커티스 그랜더슨!]

조 지라디 감독의 승부수가 양키 스타디움의 조명을 받았다.

[선두 타자부터 대타를 세우는 조 지라디 감독. 커티스 그랜더슨 선수의 한 방을 기대하고 있는 듯합니다.]

[충분히 그럴 능력이 있는 선수죠. 시즌 초 심각했던 부진에서 벗어나 양키스의 중심 타선에서 훌륭한 활약을 펼치고 있는 선수입니다.]

양키 스타디움의 짧은 우측 담장과 알맞은 스윙 메커니즘을 가졌다 평가받는 타자가 자세를 잡았다.

"홈-런!"

"홈-런!"

양키 스타디움이 슬러거에게 전해지는 홈런 챈트(Chant)로 가득 찼다.

그러나 다음 순간.

따악-!

누구도 예상하지 못한 커티스 그랜더슨의 선택이 베일을 벗었다.

[기습 번트! 기습 번트입니다!]

당연히 풀스윙을 하리란 모두의 예상을 박살 내는 기습 번트.

뒤로 물러서 있던 3루수와 공을 던지고 주춤했던 클레이튼 커쇼가 화들짝 놀라 동시에 대시했으나.

[투수, 공 잡아서 1루로-!]

슬러거임에도 연간 20도루를 생산해 낼 수 있는 커티스 그랜더슨의 빠른 발이 1루에 닿는 걸 막기엔 역부족이었다.

뻐엉-!

"세이프!"

양옆으로 솟아오른 1루심의 팔과 함께 캐스터의 외침이 터져 나왔다.

[세이프입니다! 기습 번트 성공! 기습 번트로 선두 타자 출루에 성공하는 커티스 그랜더슨! 누구도 예상하지 못한 작전이었습니다! 조 지라디 감독의 파격적인 수가 먹혀들었어요!]

일견 다저스의 허를 찌른 듯한 조 지라디 감독의 작전을 칭찬하는 캐스터.

하지만 옆에서 함께 경기를 지켜보던 해설자의 반응은 달랐다.

[으음, 작전에 성공하긴 했지만 결과는 두고 봐야 할 거 같습니다. 사실 강공을 지시하는 게 더 나았을지도 모르는 거거든요. 1루에 살아 나가긴 했지만 점수를 내려면 후속타가 있어야 하는데요.]

맞는 말이었다.

작전은 성공했지만 아직 점수가 나려면 세 개의 루를 더 가야 했다.

반면 강공을 했더라면 한 방에 점수가 났을지도 모르는 일.

"갑자기 웬 작전이지?"

"글쎄. 일단 지켜보자고."

관중들조차 고개를 갸웃거릴 만큼, 조 지라디 감독의 작전은 좋다고만 할 수 없었다.

그러나 진실은.

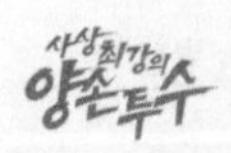

'갑자기 지시하지도 않은 기습 번트라…….'

조 지라디 감독은 기습 번트를 지시한 일이 없다는 것.

물론 굳이 강공을 펴라고 지시하지도 않았지만 그건 커티스 그랜더슨의 성향상 당연히 강공을 선택하리라 생각했기 때문이었다.

잠시 턱을 쓰다듬던 조 지라디 감독이 사인을 냈다.

커티스 그랜더슨이 왜 그랬는지는 지금 중요하지 않았다.

결국 중요한 건 결과.

그 결과를 내기 위해서.

투둑- 투둑-.

후속 작전을, 자신의 역할을 확인한 노련한 베테랑의 방망이가 옆으로 누웠다.

[스즈키 이치로, 번트 자세! 이건 명백히 희생번트군요. 클레이튼 커쇼, 초구!]

따악-!

[정확하게 댔습니다! 1루 라인을 타고 흐르는 공! 클레이튼 커쇼, 다시 잡아서 1루로…… 아웃입니다! 하지만 주자는 2루까지! 스즈키 이치로 선수의 희생번트 성공! 득점권에 주자가 나갑니다!]

그리고.

[나우 배팅, 넘버 2.]

커티스 그랜더슨이 기습 번트를 선택한 이유가 타석에 들어섰다.

[데릭-! 지터-!]

투수의 뒤에서 타자를 바라보며.

커티스 그랜더슨이 뇌까렸다.

'시원한 걸로 하나 부탁합니다, 캡틴.'

양키스의 시간

스포츠 선수뿐 아니라 어떤 방식으로든 신체를 주로 활용하는 직종에 종사하는 사람들에게 '감각'은 매우 중요한 요소다.

책상물림들이 각도가 어떻고 가해지는 힘이 어떻고 머리 싸매고 계산하는 걸 0.1초 만에 가능하게 만들어 주는 것이 바로 그 감각이니까.

뭉뚱그려서 운동 신경, 혹은 재능이라 불리는 그 감각을 통해 많은 성공을 경험한 베테랑들은 어떤 기이한 능력을 개화한다.

직감이다.

타인에게 설명할 수는 없지만 왠지 그렇게 될 것 같은 느낌.

말로 들으면 그딴 게 어디 있냐는 소리가 나올 오컬트적 미신이지만 의외로 베테랑들의 직감은 높은 적중률을 보인다.

그것은 직감은 다른 말로 그동안 해당 업종에 종사하면서 획득한 경험이 무의식적 판단을 내린 것이라고 해도 과언이 아니기 때문이다.

그 직감이 바로 커티스 그랜더슨으로 하여금 기습 번트를 선택하도록 했던 원인이었다.

[뉴욕 양키스. 핀치 히터, 넘버 14! 커티스 그랜더슨!]

핀치 히터로서 더그아웃을 나가면서 본 데릭 지터의 얼굴.

함께 그라운드로, 대기 타석으로 향하는 스즈키 이치로의 발소리.

그런 것들이 커티스 그랜더슨에게 강렬한 예감을 선사했다.

마치 그림같이, 미래를 머릿속에 때려 넣었다.

[클레이튼 커쇼, 초구!]

그래서 커티스 그랜더슨은 배트를 고쳐 잡았다.

얼마 전 데릭 지터와의 내기에서 승리하고 자신(自信)을 세운 커티스 그랜더슨이었기에.

그랬기에 커티스 그랜더슨은 팀의 승리를 위한, 팀 배팅(Team Batting)을 아무런 망설임 없이 선택할 수 있었다.

따악-!

[기습 번트! 기습 번트입니다!]

당연하다는 듯 3루 라인을 타고 흐르는 공.

무조건 닿을 수 있다는 듯 맹렬히 약진하는 두 발.

빠엉-!

"세이프!"

커티스 그랜더슨이 1루에 섰다.

그다음 장면들도 커티스 그랜더슨이 보았던 것처럼 흘러갔다.

[정확하게 댔습니다! 1루 라인을 타고 흐르는 공! 클레이튼 커쇼, 다시 잡아서 1루로…… 아웃입니다! 하지만 주자는 2루까지! 스즈키 이치로 선수의 희생번트 성공! 득점권에 주자가 나갑니다!]

스즈키 이치로의 침착한 희생번트.

커티스 그랜더슨이 2루에 섰다.

그리고.

[나우 배팅, 넘버 2. 데릭-! 지터-!]

마치 일렬로 늘어서 태양빛을 가리는 천체의 운행처럼.

타자와 투수, 2루 주자가 일직선으로 자리했을 때.

커티스 그랜더슨의 뇌리에 다시 어떤 그림이 그려졌다.

그 그림을 그릴 화가에게 커티스 그랜더슨은 조용히 뇌까렸다.

'시원한 걸로 하나 부탁합니다, 캡틴.'

그의 시선을 받은 타자의 눈동자가 대답하는 듯했다.

'어디 캡틴한테 짬처리를 해?'라고.

다음 순간.

[여기까진 순조롭게 왔는데요. 가장 중요한 결착의 순간입니다! 과연 조 지라디 감독의 작전이 성공할 수 있을지! 모든 건 캡틴 데릭 지터의 방망이에 달려 있습니다!]

[뭐, 아직 원아웃이니 두 번의 기회가 더 있긴 합니다만…….]

[하하, 핀스트라이프들 모두가 그렇게 생각하지 않을 겁니다. 이렇게 생각하겠죠. 결착을 내야 한다면 바로 이 남자, 데릭 지터라고!]

클레이튼 커쇼의 손에서 뻗어 나온 공이 아름다운 곡선을 그리고.

파창–!

유리 깨지는 소리가 환청처럼 들렸다.

그림에서 현실로 튀어나온 남자가 물 흐르듯 방망이를 휘둘렀다.

따아악–!

환상이 현실로 바뀌는 순간이었다.

마운드에서 타석까지 그려졌던 것보다 더욱 크고 예술적인 아치가 양키 스타디움을 수놓았다.

[우측 담장! 우측 담장! 우측 담장!]

물론 그 타구는 방금 전 커티스 그랜더슨에게 기대됐던 상황을 만들어 내진 못했다.

콰아앙–!

[담장을 직격하는 타구! 우익스 야시엘 푸이그! 대시합니다! 공 잡아

서 2루로!]

하지만 커티스 그랜더슨이 예지했던 미래를 현실로 바꾸기엔 너무나 충분했다.

[2루에서 세이프! 세이프입니다! 헤드퍼스트 슬라이딩! 데릭 지터의 손이 더 빨랐습니다!]

2루를 훔치는 데릭 지터의 손.

[그동안 2루 주자 커티스 그랜더슨은 여유롭게 홈을 밟습니다! 8회 말! 8회 말이 돼서야 뉴욕 양키스가 클레이튼 커쇼를 공략해 냅니다!]

홈플레이트를 밟고 더그아웃에 들어가며.

"미친 새끼! 거기서 기습 번트를 대?"

"잘했다, 이 자식아!"

헬멧과 등에 쏟아져 내리는 동료들의 손길.

씨익-.

커티스 그랜더슨이 베테랑의 세계에 입문했다.

양키스에 새롭게 태동한 베테랑이 봤던 미래는 정확히 1득점을 하는 순간까지였다.

가을에 가장 강한 남자가 가을만 되면 약해지는 남자를 미리 두들기는 장면까지.

이후 장면은 그로서도 알 길이 없었다.

하지만 상관없었다.

따악—!

[먹힌 타구! 1, 2루간! 2루수 잡아서 1루 송구! 아웃입니다! 2사 3루가 됩니다!]

브렛 가드너가 선부른 타격으로 내야 땅볼 아웃을 당하든 말든.

뻐엉—!

"스트라이크!"

[95마일! 아직도 힘이 남아 있습니다, 클레이튼 커쇼 선수!]

실점에 분노한 클레이튼 커쇼가 막바지 뒷심을 발휘하든 말든.

부우웅—!

[스윙 앤 어 미스! 추신서를 삼진으로 돌려세우며 위기를 자력 탈출하는 클레이튼 커쇼!]

선구안 뛰어나기로 유명한 추신서가 헛스윙 삼진으로 물러나든 말든.

미래를 보진 못했어도.

[경기는 이제 9회 초! LA 다저스에 남아 있는 마지막 이닝으로 향합니다!]

승리는 확신할 수 있었으니까.

9회 초.

이제 무패라는 이름은 잃어버렸으나.

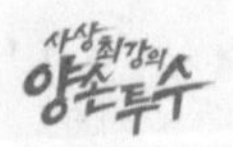

"Kim Will Rock You-!"

단 한 번도 팀원들이 만들어 놓은 승리를 빼앗긴 적은 없는 남자가 제자리에 우뚝 섰다.

뻐엉-!

지명타자, 커티스 그랜더슨이 이른 휴식을 즐겼다.

뻐엉-!

[경기 끝났습니다! 뉴욕 양키스의 9회 말 공격이 필요 없게 됐습니다!]

양키스의 날이 저물었다.

〈김신, 시즌 세 번째 완봉! 클레이튼 커쇼와의 불꽃 튀는 투수전 제압!〉

-완봉이 아쉬운 건 나뿐임?

-와, 시벌. 이번에도 1피안타야? 이건 뭐 거의 퍼펙트 수준인데?

ㄴ문제는 진짜 퍼펙트가 아니라는 거지. 할 듯 말 듯 하면서 정작 두 번째 퍼펙트게임은 안 나오네.

ㄴ문제는 시간뿐.

다음 날, 완봉승임에도 아쉬움이 남는 김신의 투구를 평하던 양키스 팬들은 곧바로 180도 다른 감정을 토해 냈다.

따악-!

[높이 뜹니다! 우익수 야시엘 푸이그, 기다리다가 손쉽게 캐치! 스리 아웃! 뉴욕 양키스의 5회 말 공격이 잔루 2루로 끝이 납니다!]

지난 텍사스 레인저스와의 시리즈에서 기대를 한껏 품게 만들었던 호세 아브레유가 거짓말처럼 오늘도 침묵했기 때문이었다.

-저 새끼는 하위 선발 한정 여포임? 좀 던진다는 애들 상대로는 맥을 못 추네.

ㄴ이제야 메이저리그 참맛을 보는 거지, 뭐 ㅋㅋㅋㅋㅋ 애초에 쿠바엔 저런 투수들이 없을 테니까 당연한 결과임.

ㄴ아니, 아무리 그래도 삼진 아니면 플라이는 좀 너무하지 않냐? 괜찮은 타구도 없어, 괜찮은 타구도.

ㄴ받아들여. 그렇게 쉽게 적응할 수 있는 데가 아니잖아, 메이저가.

LA 다저스의 2선발 류한준을 상대로 4타수 3삼진 1우익수 플라이.

설상가상으로 팀도 단 1점 차이로 패배하면서.

그의 부진은 더욱 부각됐다.

〈승부의 추는 원점으로! 뉴욕 양키스, 4-5 석패! 김신과 류

한준, 한국 투수들의 연이은 호투!〉

—괜히 5천만 달러 지른 거 아냐? 저 쿠바산 강타자라는 새끼가 한 번이라도 쳤으면 이런 일은 없었잖아.

—애먼 애 잡지 말어. 우리 선발이 3회에 무너진 게 더 크니까.

—쪽팔린다, 쪽팔려. 필 휴즈 이제 2선발이라고 하기에도 애매한 거 아니냐? 코리 클루버가 더 잘 던지는 거 같아.

—사바시아 형 언제 돌아오십니까…….

물론 어제의 투수전 같은 명경기를 기대했던 팬들을 일찌감치 배반한 필 휴즈의 폭투가 시선을 좀 분산해 주긴 했지만.

호세 아브레유의 악재는 계속됐다.

LA 다저스와의 3차전이 우천으로 취소되고, 하루의 휴식 후 이어진 템파베이 레이스와의 3연전.

따악—!

[유격수 정면! 병살 코스입니다! 2루 토스! 아웃! 1루에서도…… 아웃입니다! 6-4-3 병살! 호세 아브레유에게서 병살을 뽑아내며 위기를 탈출하는 맷 무어 투수!]

잠재력은 있지만 아직 개화하지 못했다 평가받는 템파베이 레이스의 4선발, 맷 무어에게도 2병살 1삼진 1플라이.

그야말로 돈이 아까운 모습을 보였던 것.

—아니, 지난번엔 그래도 병살은 없더니 ㅋㅋㅋㅋㅋㅋㅋㅋ.

—초반 반짝으로 끝인가 ㅉㅉ.

클레이튼 커쇼—류한진으로 이어지는 참교육에서 파생된 부진이 호세 아브레유를 급격하게 흔들고 있었다.

거기까진 별로 놀랄 것도 없는, 익히 예상했던 일 중 하나였으나.

'뭐지?'

김신은 고개를 갸웃거렸다.

이제쯤이면 그에게 다가가 뭐라도 할 터였을 캡틴 데릭 지터가 침묵하고 있었으니까.

"아브레유 씨, 같이 식사하실래요?"

"그러지."

여전히 호세 아브레유 곁에 보이는 건 게리 산체스뿐.

"헤이, 그랜더슨. 시계는 왜 안 차고 다녀?"

데릭 지터는 다른 선수들과 농담 따먹기에 바빴다.

"흐음……."

김신의 눈동자가 가늘어졌다.

김신이 의아함을 느끼는 것과는 상관없이.

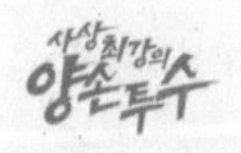

뉴욕 양키스는 승승장구했다.

따악-!

[게리 산체스-! 시즌 30호 홈런! 전반기에 기어코 30홈런 고지에 오릅니다! 마이크 트라웃, 미겔 카브레라 선수와의 홈런왕 경쟁에서 두 발짝 앞서 나가는 게리 산체스 선수! 정말 대단합니다!]

게리 산체스의 홈런포는 멈출 줄 몰랐고.

뻐엉-!

[경기 끝났습니다! 델린 베탄시스! 시즌 6개째 세이브! 이 선수, 점차 마리아노 리베라 선수의 후임자로 부상하고 있습니다!]

델린 베탄시스는 마리아노 리베라가 없을 내년에 대한 팬들의 불안감을 조금씩 희석시켜 갔다.

뻐엉-!

[삼진! 결정구는 커브! 코리 클루버 선수의 전매특허가 오늘도 제 역할을 톡톡히 해냅니다!]

[올해 뉴욕 양키스에서 가장 강력한 투수는 김신이지만, 가장 많이 성장한 투수는 이 코리 클루버 선수라고 할 수 있을 듯합니다.]

코리 클루버의 약진은 2선발 필 휴즈의 자리를 위협했고.

따악-!

[좌측 담장을 시원하게 넘겨 버리는 조시 도널드슨! 조시 도널드슨의 투런 포로 양키스가 선취점을 올립니다!]

따악-!

[3유간! 뚫어 냅니다! 매니 마차도의 연속 안타! 양키스의 공격이 계

속됩니다! 끝나지 않아요!]

조시 도널드슨과 매니 마차도 또한 자신들의 재능을 과시했다.

물론 당연히.

빼엉—!

[경기 끝났습니다! 5–1 뉴욕 양키스의 승리! 김신 선수가 1실점 완투승을 기록합니다!]

[정말 지칠 줄 모르는 선수네요.]

김신의 끝날 줄 모르는 호투도 계속됐다.

그렇게.

〈2013 올스타 게임! 뉴욕 양키스, 올해도 최다 인원 배출!〉

전반기의 끝이 다가왔다.

"이봐, 아브레유. 올스타 게임 같이 보지 않겠어?"

아주 오랜만에 7월 초에 휴식을 취할 수 있게 된 남자가.

침묵하던 양키스의 캡틴이 움직인 것은 바로 그때였다.

Condescending Old Man.

한국말로 하면 꼰대.

데릭 지터는 스스로를 꼰대라고 생각했다.

다른 모든 분야에선 아니지만 단 하나, 야구에서만큼은 그는 확실한 올드 맨이었다.

어떤 이유에서건 핀스트라이프를 입었으면 양키스고, 그의 팀원이며.

그의 팀원은 마땅히 전통을 존중하고, 원 팀이 되기 위해 노력해야 했다.

그런 자세가 보이지 않는다면 그렇게 만드는 것이 바로 데릭 지터였다.

누가 싫다고 내버려 두는 남자가 아니란 소리다.

그런 데릭 지터가 호세 아브레유를 좀 더 두고 봤던 이유는 간단했다.

그가 은퇴한 이후의 뉴욕 양키스를 가늠해 보려 했던 것이다.

자신이 사라지더라도 뉴욕 양키스는 건재해야 하니까.

그가 없을 때 팀 케미를 케어할 수 있는 역량을 가진 사람이 누구인가 확인하려는 의도였다.

비록 그 결과는 좋지 않았지만, 데릭 지터는 인내할 줄 아는 남자였다.

'뭐, 내가 바로 은퇴하는 것도 아니고. 천천히 권위를 심어 줘야지.'

물론 자신의 후계자로는 이미 김신을 낙점한 상태였다.

하지만 김신은 투수.

15년 이상 경력이 쌓이면 모르되, 저년 차 투수가 야수조까지 케어할 수는 없는 일이었다.

그러므로 옆에서 도와줄 사람이 필요했다.

마치 예전의 그와 앤디 페티트가 그러했듯이.

야수조를 다독여 줄 사람이 있는 게 좋았다.

후보자는 둘.

브렛 가드너와 게리 산체스.

데릭 지터가 턱을 쓰다듬었다.

"흐음……."

거의 대부분의 경우에서 브렛 가드너가 나았지만, 의외로 가드너에게 소심한 면이 있는 게 문제였다.

자신과 연차가 비슷하고, 성적이나 경력이 괜찮은 선수를 상대로는 기세가 죽는 것이다.

그 상대가 좀 까칠하면 한두 번 찔러 보다가 신경을 꺼 버린다고나 할까.

반면 게리 산체스는 본인이 지금 잘나가서 그런지 몰라도, 누구에게나 망설임 없이 다가가는 편이었다.

다만 그 외 모든 면에서 브렛 가드너에게 밀렸다.

"흐음……."

그렇게 데릭 지터가 당사자들은 생각지도 못하고 있을 보직(?)을 두고 저울질을 할 무렵.

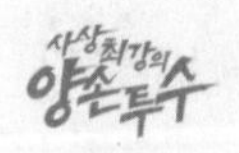

그중 한 사람의 이름이 브라운관을 타고 흘러나왔다.

[아메리칸리그. 뉴욕 양키스, 게리-! 산체스-!]

첫 출전한 올스타전이었지만, 전반기 30홈런이라는 금자탑을 바탕으로 아메리칸리그 홈런더비 팀에 초청된 신인.

[마이크 트라웃, 미겔 카브레라, 크리스 데이비스 선수와 함께 멋진 홈런왕 경쟁을 펼치고 있는 무서운 신예, 게리 산체스 선수입니다!]

방금 전까지 염두에 두고 있던 사내의 등장에 데릭 지터가 상념을 그만두고 브라운관에 집중하기 시작했다.

"전반기 31홈런. 대단하긴 하지만……."

평소라면 경쟁자조차 없는 홈런왕 부동의 0순위 후보였을 성적.

하지만 올해는 달랐다.

그 옛날 새미 소사와 마크 맥과이어, 베리 본즈가 펼쳤던 것과 비슷한 홈런왕 레이스가 올해, 2013년도 메이저리그에서 펼쳐지고 있었으니까.

"요즘 것들은 뭘 먹고 자라는지."

장내 아나운서가 '요즘 것들'의 이름을 호명했다.

그중 가장 높은 곳에 올라 있는 사내부터.

[아메리칸리그. 볼티모어 오리올스, 크리스-! 데이비스-!]

미래에 어떻게 되리라는 건 차치하더라도 이번 시즌만은 전반기 33홈런.

마이크 트라웃, 미겔 카브레라, 게리 산체스라는 쟁쟁한 이름들을 제치고 양대 리그 통합 홈런 1위에 랭크돼 있는 사나이.

[아메리칸리그. 디트로이트 타이거스, 프린스-! 필더-!]

이번 시즌엔 소폭 부진하고 있고, 팀 동료 미겔 카브레라의 고사(固辭) 덕에 참가할 수 있게 되긴 했지만.

지난 시즌 홈런더비에서 커티스 그랜더슨을 물리친 디팬딩 챔피언 프린스 필더.

[캡틴 오브 아메리칸리그. LA 에인절스, 마이크-! 트라웃-!]

비운의 신인왕이자 비운의 MVP.

작년에 이어 올해에도 돌풍을 이어 가고 있는 김신의 가장 강력한 경쟁자, 마이크 트라웃.

그야말로 화려한 면면의 아메리칸리그 홈런더비 팀이 화면에 잡혔다.

그것만으로도 화제가 되기에 모자람이 없었지만.

오롯이 타자들에게 향해야 할 관중의 주목을 훔쳐 가는 남자가 있었다.

[1라운드는 게리 산체스 선수와 브라이스 하퍼 선수의 대결입니다. 먼저 타격하는 선수는 게리 산체스! 배팅 볼을 던져 줄 산체스 선수의 지인이 소개되는군요.]

뉴욕 메츠의 홈구장, 시티 필드가 양키 스타디움처럼 보이게 하는 남자.

"Kim Will Rock You-!"

김신이었다.

[게리 산체스 선수에게 배팅 볼을 던져 줄 사람은 바로 뉴욕 양키스에서 함께 배터리를 이루는 파트너! 김신 선수입니다!]

[이거, 오늘 김신 선수가 홈런을 맞는 장면을 수도 없이 보겠군요.]

[하하, 그게 또 그렇게 되나요? 어쨌든 두 번 다시 볼 수 없는 진기한 장면일지도 모릅니다. 채널 고정!]

데릭 지터가 피식 웃었다.

"그래, 이럴 때라도 두들겨 봐야지. 아니면 언제 두들겨 보겠어?"

타자를 속이는 게 아니라 공을 맞추게 하여 따 내는.

또 다른 승리를 위한 김신의 배팅 볼이 홈플레이트로 쏘아졌다.

따악-!

33홈런의 크리스 데이비스, 31홈런의 게리 산체스, 30홈런의 마이크 트라웃.

거기에 작년 홈런더비 우승자 프린스 필더까지.

데이비드 프라이스와 브라이스 하퍼가 부족해 보이는 환상적인 라인업에 메이저리그 팬들은 입을 모아 아메리칸리그의 우세를 점쳤다.

그리고 그대로 되었다.

따악-!

[게리 산체스! 18개째! 초반부터 강력한 우승 후보임을 과시합니다!]

정중앙보다 조금 아래.

어퍼 스윙을 하는 게리 산체스가 가장 멀리 날려 보낼 수 있도록 절정의 배팅 볼을 던져 주는 김신의 도움 아래.

게리 산체스가 브라이스 하퍼를 박살 낸 것을 시작으로.

따악-!

[크리스 데이비스! 17개째! 앞선 게리 산체스 선수를 바짝 추격합니다!]

크리스 데이비스와.

따악-!

[마이크 트라웃-! 20개! 무려 1라운드에서만 20개를 때려 냅니다!]

[이건 마치 홈런왕 경쟁을 보는 듯하군요! 아메리칸리그 선수들이 앞서거니 뒤서거니 하면서 시티 필드 관중석에 공을 때려 박고 있습니다!]

[그렇습니다. 오늘 역대 홈런더비 순위가 완전히 바뀌고 있습니다. 마이크 트라웃 선수가 역대 한 라운드 홈런 3위, 게리 산체스 선수가 4위, 크리스 데이비스 선수가 공동 5위로 올라섭니다!]

마이크 트라웃 또한 오랫동안 지속된 기록을 갈아치울 정도의 퍼포먼스를 보였다.

심지어 프린스 필더까지 홈런더비 우승자로서의 경험을 과시하며 10개의 홈런을 기록.

2라운드에 진출할 상위 4명의 선수가 모조리…….

[이런 경우가 있었나요? 1라운드 만에 내셔널리그 타자들이 모두 탈락했습니다! 1등부터 4등까지 다 아메리칸리그 소속이에요!]

아메리칸리그 타자들로 도배되었다.

[제가 알기론 처음인 거 같군요. 그만큼 올해 아메리칸리그의 방망이가 뜨겁다는 거겠죠.]

–이건 뭔 개소리지? 이건 선수 개인의 퍼포먼스잖아. 여기서 무슨 리그가 나와. 선 넘네?

ㄴ선 넘긴 무슨. 팩트 맞구만. 그러니까 꼰대같이 고집 피우지 말고 지명타자를 도입했어야지 ㅉㅉ. 리그 수준이 다르네.

ㄴ근데 그런 아메리칸리그 타자들 다 쪽도 못 쓰는 김신은 뭐임?

ㄴ아직도 안 외웠냐? King-Sin. 외워. 메이저리그를 지배하는 왕이시다.

해설자 또한 흥분해 양대 리그 전력에 관한 논란을 건드릴 만큼 달아오른 경기장.

"와아아아아–!"

팬들의 성원 아래 2라운드가 속행됐다.

따악–!

그리고 2라운드가 끝났을 때.

[언빌리버블! 상상은 했지만 정말 이 두 선수가 결승전에서 만날 줄은 몰랐네요!]

역대 홈런더비 흥행을 모조리 갈아치울 대전이 성사됐다.

[결승전 진출자는, 31홈런의 게리 산체스! 그리고…… 33홈런의 마이크 트라웃 선수입니다!]

게리 산체스와 마이크 트라웃.

한 명은 김신의 옛 캡틴이자 현 파트너.

다른 한 명은 김신의 옛 친구이자 그가 가장 경계하는 타자.

뉴욕과 LA, 미국 제1의 도시를 다투는 동부와 서부의 열렬한 지원을 받는 두 남자가.

비슷한 연차를 가진 라이벌이 서로를 바라봤다.

2015년 룰이 바뀌기 전까지 홈런더비 참가자들은 제한 시간이 아닌 아웃카운트 10개라는 정량적 한계를 향해 도전했다.

이 아웃카운트란 정말 아웃이 아니고, 홈런이 되지 못한 모든 경우를 이야기한다.

그러므로 빠르게, 계속해서 스윙한다는 개념보다는 한 구, 한 구에 정신을 모아 정확히 홈런을 생산하는 게 중요했다.

그런데 배팅 볼 투수가 실수를 한다?

조금 더 떨어지거나 조금 더 높은 코스의 공을 던진다?

그러면 아까운 한 구가 그대로 날아갈 수도 있다는 거다.

물론 시간제한이 있는 경우도 배팅 볼 투수가 중요하지만, 아웃카운트를 따지는 쪽이 더욱 중요하다고 할 수 있다는 소리다.

그런 측면에서, 게리 산체스는 2013시즌 홈런더비에 치트키를 쓰고 참가한 거나 다름없었다.

"오! 산체스 선수, 이제 결승전을 앞두고 있습니다. 첫 출전에 바로 결승까지 올라오셨는데요. 소감 한 말씀 부탁드립니다."

1, 2라운드 성적이 흔적도 없이 사라지고.

오롯이 10개의 아웃카운트만이 남은 결승전 직전.

"제가 올스타전에, 또한 홈런더비에 참가하게 된 것만 해도 너무나 감격스럽습니다. 어린 시절부터 이런 날들을 꿈꿨고……."

인터뷰어를 상대로 준비해 온 멘트를 치던 게리 산체스가 그 사실을 짚었다.

"특히 오늘 배팅 볼을 던져 주는 제 친구이자 팀 동료이자 소중한 파트너, 김신의 덕이 아주 크다고 생각합니다. 그가 없었더라면 여기까지 오지 못했을 겁니다."

그 인터뷰를 지켜보던 각지의 팬들이 모두 고개를 끄덕

였다.

—치트 키도 저런 치트 키가 없지.

—솔직히 2라운드에서 크리스 데이비스가 올라갔어야 함 ㅋㅋㅋ ㅋㅋ 레알 김신이 기계처럼 계속 같은 코스로 꽂아 주는데 너무 사기지.

—다른 투수들도 잘 던지긴 하는데…… 클라스가 다르다, 클라스가.

진보적인 성향의 메이저리그 커미셔너, 버드 셀릭이 직접 인터뷰를 통해 배팅 볼 투수에 제한 따위는 없으며 현역 메이저리그 투수들의 참여를 장려한다고까지 언급한 상황.

그에 맞물려 높여 놓은 상금에 따라 많은 현역 투수가 배팅 볼을 던지게 된 2013 올스타전이었지만, 김신의 공은 배팅 볼에서까지 또한 한 차원 위였다.

—공도 많이 던지니까 체력적으로 무리도 가고, 경기 때처럼 세게 던지기 어려우니까 투구 밸런스도 문제가 될 텐데…… 김신은 왜 이렇게 잘하냐?

—주 투구 폼도 아니고 우완 오버핸드로 던지는데 실투도 없는 거 실화임? 오져 버렸다, 진짜…….

—주 투구 폼이 아니긴……. 우완 오버핸드도 경기 중에 썼었다.

언젠가는 또 꺼내리라 본다.

—응, 그건 니 꿈~. 솔직히 삼도류는 오버야.

그렇게 팬들이 또 한 번 김신의 역량에 찬사를 보내는 사이.

인터뷰를 멀찍이서 지켜보던 김신은 한숨을 토해 냈다.

"하…… 왜 이렇게 못 쳐."

게리 산체스에게는 일주일간 애걸복걸을 받고 나서 못 이기는 척 승낙해 주긴 했지만.

애초부터 게리 산체스라면 자신에게 부탁해 오리라는 걸 꿰뚫어 보고 미리 준비를 하고 있었던 김신이었다.

당연히 추호도 우승을 의심하지 않았다.

그런데 결과를 까 보니 마이크 트라웃에게 밀리고 있지 않은가.

으득-!

가벼운 이벤트전이라도 결코 승리를 양보할 생각 없는 투수가 이를 악물었다.

"우승 못 하기만 해 봐라."

올스타전 전야(前夜)가 저물어 갔다.

[파이널 라운드! 이제 시작합니다!]

따악-!

2013년 7월 17일.

2013 메이저리그 올스타전 본경기 당일.

원정 팀인 아메리칸리그 클럽하우스에 들어선 게리 산체스를 가장 먼저 반겨 준 건 팀 선배, 브렛 가드너였다.

"여, 홈런왕!"

어젯밤 이미 수도 없이 들었지만 들을 때마다 설레는 그 단어에 게리 산체스가 짐짓 퉁명스레 반응했다.

"아직 홈런왕 아니라니까요. 시즌 많이 남았잖아요."

하지만 브렛 가드너는 한술 더 떠 어깨동무를 해 왔다.

"에이, 어떻게 보면 시즌 홈런왕보다 어제 홈런더비 홈런왕이 더 가치 있을걸. 캬~ 28홈런! 역대 최다 기록과 타이! 그 정도면 홈런왕이지! 아암!"

그랬다.

마이크 트라웃과의 마지막 3라운드.

게리 산체스는 2008년 텍사스 레인저스의 조시 해밀턴이 세웠던 28홈런과 동수를 이루며 우승을 차지.

역대 최다 기록과 타이를 이루고, 김신의 타박을 간신히 면피한 것이었다.

브렛 가드너의 너스레에 게리 산체스의 두뇌가 이벤트 종료 직후 들었던 말을 재출력했다.

–못 이겼으면 국물도 없었어.

그렇게 게리 산체스가 오늘 피칭이 예정돼 있음에도 1, 2, 3라운드 통합 89구를 던져 줬던 친구를 생각할 무렵.

붙어 있는 두 인싸를 향해 핀스트라이프들이 다가왔다.

"다시 한번 축하한다, 게리 산체스."

"감사합니다, 추 선배!"

"선배는 무슨."

작년에 이어 올해에도 브렛 가드너와 나란히 올스타에 뽑힌 추신서를 필두로.

함께 양키스의 허리를 이끄는 조시 도널드슨, 매니 마차도까지.

구멍이 조금 뚫리긴 했지만 양키스의 선두, 중심 타선이 한자리에 모였다.

그들을 바라보던 보스턴의 중심, 데이비드 오티즈가 혀를 내둘렀다.

'야수만 해도 5명…….'

한 팀에서 1~2명, 많아야 3~4명이 올스타로 뽑히는 걸 생각했을 때 정말 말도 안 되는 숫자.

하지만 그것은 그만큼 양키스 타선이 강력하다는 의미기도 했다.

더군다나 실력은 충분하지만 부상 탓에 참여하지 못한 데릭 지터도 있었다.

초반에 부진했을 뿐이지 작년에 올스타로 뽑힌 전적이 있는 데다 현재는 올스타급 활약을 펼치고 있는 커티스 그랜더슨까지 더하면 그야말로 양키스 자체가 올스타라 해도 과언이 아니었다.

그뿐인가?

'김신과 마리아노 리베라를 더하면 7명이라…….'

그 팀의 시작과 끝을 상징하는 선발과 마무리 또한 지금이 시티 필드로 출근하고 있을 터.

"후우……."

뉴욕 양키스를 꺾어야 하는 숙명을 가진 보스턴 레드삭스의 일원으로서 한숨이 나오지 않을 수 없었다.

그런데 그 순간, 또 한 명의 핀스트라이프가 클럽하우스 문을 활짝 열고 들어왔다.

"제군들!"

데이비드 오티즈가 이제야 깨달았다는 듯 고개를 절레절레 저었다.

'8명이었군.'

그가 생각지 못한 마지막 한 사람의 이름은.

"어제는 잘 즐겼나?"

조 지라디.

월드 시리즈 우승 팀 감독으로서 오늘 아메리칸리그를 지

휘하는 사령탑.

올해부터 29번이라는 새로운 등 번호를 단 핀스트라이프였다.

"예-!"

승리할 생각으로 가득한 같은 핀스트라이프들을 흡족히 바라본 조 지라디.

이내 그의 손끝에서 오늘 경기의 시작을 열 이름들이 발표됐다.

"어차피 모두에게 기회는 돌아갈 거니까 걱정하지 마라. 이건 그냥 스타팅 멤버일 뿐이야."

1- 마이크 트라웃(LF)

2- 매니 마차도(2B)

3- 미겔 카브레라(3B)

4- 크리스 데이비스(1B)

5- 게리 산체스(C)

6- 호세 바티스타(RF)

7- 데이비드 오티즈(DH)

8- 애덤 존스(CF)

9- J. J. 하디(SS)

그 명단 속에 자신의 이름을 확인한 데이비드 오티즈가 뇌까렸다.

'그나마 양심은 있군.'

선수 기용은 감독 고유의 권한.

할 수 있었다면 스타팅 멤버를 핀스트라이프로 도배하는 것도 가능했을 터다.

그러나 양심이 있다며 고개를 끄덕이는 데이비드 오티즈와 달리, 조 지라디 감독 입장에선 당연한 선택이었다.

'이겨야지.'

아직 올스타전에서 승리한 쪽에 월드 시리즈 1, 2, 6, 7차전 홈경기라는 실질적인 어드벤티지가 주어지는 2013년.

조 지라디 감독으로선 그저 승리만을 위해 더 기량이 나은 선수를 뽑았을 뿐이었다.

말은 스타팅 멤버일 뿐이라 했지만 스타팅 멤버에게 더 많은 기회가 돌아가는 건 사실이었으니까.

그 사실을 익히 잘 알고 있는 선수들의 시선이 한 사람에게로 향했다.

"……?"

게리 산체스.

그가 처음으로 포수 마스크를 쓴다는 뜻은, 어제의 홈런왕이 신이 낳은 포수라 불리는 조 마우어를 제쳤다는 소리였으므로.

어리둥절한 게리 산체스와 1회 초부터 쟁쟁한 선수들 사이에 출전하게 된 매니 마차도의 눈빛이 교차했다.

⚾

퇴역 군인 등 영웅들을 초청한 국가 제창.

월드시리즈에 버금가는 에어쇼.

은퇴한 레전드의 시구까지 끝난 다음.

마침내 별들 중에서도 가장 밝은 별들의 무대가 열렸다.

[웰컴 투 올스타 게임! 여기는 2013 미드 서머 클래식이 열리는 뉴욕! 시티 필드입니다! 먼저 1회 초 공격에 임하는 아메리칸리그 올스타부터 설명해 올리겠습니다. 리드오프, 좌익수 마이크 트라웃. 세컨드, 2루수 매니 마차도…….]

숨 쉴 틈 없이 선수들의 이름을 불러 대던 캐스터의 호흡이 다할 때쯤.

마침내 화면에 그 모든 선수를 대적해야 하는 자의 모습이 떠올랐다.

[이에 맞서는 내셔널리그의 선발투수는! 클레이튼-! 커쇼-! 양대 리그를 통틀어 유이한 평균자책점 2점 미만의 투수입니다!]

전반기 막판 김신과 멋진 투수전을 펼쳤던 클레이튼 커쇼.

그리고 그의 첫 번째 상대는.

빼엉-!

영광스러운 처음을 약속받은 사나이.

마이크 트라웃이었다.

조금 멀리, 아직은 허락되지 않은 홈플레이트로 짓쳐 드는 클레이튼 커쇼의 연습구를 응시하며.

마이크 트라웃이 되뇌었다.

'김신의 시대라…….'

경기 시작 전 읽었던 기사의 제목이었다.

정확한 워딩으로는 '우리는 지금 김신의 시대에 살고 있다.'.

마이크 트라웃도 그 말 자체는 부정할 생각이 없었다.

하지만 그를 별 중의 별로, 그걸 넘어 메이저리그 역사에 길이 남을 타자로 만들어 줄 내면의 투쟁심은 기사의 수정을 요구했다.

김신의 이름 옆에 또 다른 이름 하나를 박아 넣고 싶어 했다.

'우리는 지금 김신과 마이크 트라웃의 시대에 살고 있다.'

그러기 위해선 같은 자리를 노리는 두 명의 경쟁자를 물리칠 필요가 있었다.

바로 오늘, 이 자리에서.

마침 그 첫 번째 경쟁자가 눈앞에 있었다.

꽈악-!

배트를 거세게 움켜쥔 마이크 트라웃이 걸음을 옮겼다.

[나우 배팅, LA 에인절스 넘버 27. 마이크-! 트라웃-!]

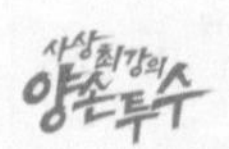

장내에 울려 퍼지는 아나운서의 음성을 배경 음악으로 삼아.

마이크 트라웃이 타석에 그의 거체를 욱여넣었다.

"플레이볼!"

공이 쏘아졌다.

뻐엉-!

"스트라이크!"

평소처럼 초구를 지켜본 마이크 트라웃이 클레이튼 커쇼의 가장 강력한 무기, 커브의 궤적을 머릿속에 박아 넣었다.

'오늘은 이 정도.'

그의 머릿속에서, 그의 압도적인 재능을 연료로 하여 수없이 돌려 본 영상들의 흰색 선들이 하나로 합쳐질 찰나.

두 번째 공이 쏘아졌다.

뻐엉-!

보완하긴 했으나 아직은 조금 부족하다 평가받는 그의 약점, 스트라이크존 상단을 노리는 하이 패스트볼.

하지만 조금 높아 볼이 돼 버린 그 공 또한, 마이크 트라웃의 뇌리에 새겨졌다.

그리고 다음 순간.

"흐읍-!"

마이크 트라웃의 방망이가 처음으로 움직임을 보였다.

그의 좁고 긴 나무 막대기가.

따아아악—!

작은 공을 후려쳤다.

평범한 투수보다 조금 덜 떨어져서 타자를 홀리는 요물을.

[좌중간! 큽니다!]

두 걸음은 먼 우타석에서 출발해도 웬만한 좌타자에게 꿀리지 않는 트라웃의 빠른 발이 거칠게 흙을 박찼다.

알고 있었으니까.

'부족했어.'

오랜만에 만난 첫 타석에 바로 홈런을 때려 낼 만큼 오늘의 클레이튼 커쇼는 만만치 않으며.

매년 갱신되는 파크 팩터에서 아래쪽부터 찾는 게 당연한 시티 필드의 담장을 넘보기엔 그의 타구가 조금 모자라다는걸.

그런 빠른 판단과 언제나 성실하게 이를 데 없는 마이크 트라웃의 자세가 누군가를 압도했다.

[담장— 미치지 못할 듯! 떨어집니다! 앗! 좌익수 다이빙—!]

아니, 내셔널리그의 선발 좌익수가 올스타전이라는 축제의 열기에 너무 취한 까닭일지도.

그것도 아니라면 작년 첫 번째 골드글러브와 올스타에 이어 올해 두 번째 올스타와 골드글러브가 유력한 그에게 자만이 찾아왔기 때문일지도 몰랐다.

쿵—!

[놓칩니다! 좌익수 카를로스 곤잘레스–! 결정적인 실수를 범합니다!]

어쨌든, 마이크 트라웃은 달렸다.

2루를 지나.

[주자 계속 뜁니다! 2루 돌아 3루까지! 송구를 준비하는 카를로스 곤잘레스!]

그의 빠른 발을 잘 아는 주루 코치의 사인을 믿고 3루 또한 통과했다.

"후욱! 후욱!"

그의 콧김 너머로 홈플레이트가 보이고.

[홈으로–! 홈에서–!]

그의 등 뒤에서 자신의 실수를 타인의 실수로 바꾸기 위한 송구가 날아들었다.

마이크 트라웃의 몸이 앞으로 쏠렸다.

촤아아악–!

뻐엉–!

다음 순간.

공이 포수 미트에 닿는 포구음과 주자가 슬라이딩하며 일어나는 흙먼지가 관중의 눈과 귀를 가렸을 때.

가장 가까운 곳에서 그 처절한 전투를 지켜본 사람이.

"세이프!"

두 팔을 들었다.

[세이프! 세이프입니다! 맙소사! 이게 무슨 일입니까! 경기 시작부터 전설

이 쓰였습니다! 마이크 트라웃-! 마이크 트라웃의 인사이드 더 파크 홈런!]

[이번 올스타전은 시작부터 명장면이 나오네요!]

"우와아아아아아-!"

벼락같이 울리는 관중의 함성을 만끽하며.

마이크 트라웃이 고개를 돌려 더그아웃에서 출전을 준비하는 두 번째 경쟁자를 향해 웃었다.

[1-0! 마이크 트라웃의 역대 두 번째 인사이드 더 파크 홈런으로 아메리칸리그가 시작부터 일찌감치 앞서 나갑니다!]

그의 이름은 게리 산체스.

마이크 트라웃의 역대급 기록 덕에 1회 초부터 타격 기회를 받을지도 모르게 된 아메리칸리그의 5번 타자였다.

투수에게 홈런은 세금과 같다. 병가지상사(兵家之常事)나 마찬가지다.

그러나 그게 인사이드 더 파크 홈런이라면.

그것도 수비수의 실책 아닌 실책으로 비롯된 것이라면.

하물며 그 경기가 평범한 페넌트레이스가 아닌, 팬들의 관심이 집중된 경기라면.

투수로서는 당연히 짜증이 날 수밖에 없다.

"젠장!"

날벼락을 맞은 투수, 클레이튼 커쇼가 인상을 있는 대로 그렸다.

평소라면 달랐을 것이다.

1회 초에 고작 1점.

자신의 승리가 아닌 팀의 승리를 위해 분노를 억눌렀을 것이다.

하지만 오늘 경기는 이벤트전.

팀의 승패보다는 스스로에게 조금 더 집중해도 되는 경기.

클레이튼 커쇼의 타는 듯한 시선이 두 번째로 타석에 들어서고 있는 남자에게로 향했다.

[나우 배팅…….]

마치 종로에서 뺨 맞고 한강에서 화풀이하는 듯한 그 상황에 아주 오랜만에 상위 타순을 획득한 아메리칸리그의 2번 타자가 입가를 씰룩였다.

'기분이 엿 같다고? 오냐, 나도 마찬가지였다.'

지금껏 기라성 같은 팀원들 사이에서 스스로를 자제시켜 왔던 남자가 고삐를 풀었다.

[뉴욕 양키스 넘버 41. 매니–! 마차도–!]

트레이드, 컨버젼, 콜업.

이 모든 걸 한 해에 겪는다면 누구나 이렇게 평할 것이다.

'정신없는 한 해였다.'

바로 매니 마차도에게 2012년이 그러했다.

심지어 콜업 이후의 상황 또한 녹록지 않았다.

팀은 시즌 최다 승을 향해 매일매일 격렬한 경기를 치르고 있었으며.

그게 끝나고 나니 포스트시즌이라는 빅게임이 연일 찾아왔다.

그 안에서 매니 마차도가 자기 성격대로 활개를 치는 건 불가능했다.

하지만 괜찮았다.

팀은 승승장구한 끝에 시즌 최다 승이라는 위업과 월드시리즈 트로피를 동시에 거머쥐었으며.

본인의 역량 또한 1년 사이에 천양지차(天壤之差)로 발전했으니까.

그리고 2013년.

뉴 코어라며 주목을 받았지만 여전히 매니 마차도는 팀에서 조용한 축에 속했다.

이유를 뽑자면 많았다.

데릭 지터라는 확고한 캡틴의 리더십.

김신이라는 에이스의 압도적인 존재감.

첫 풀타임 시즌을 치르는 만큼 더욱 심혈을 기울여야 한다

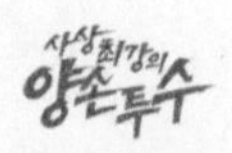

는 본인의 경각심.

그보다 더 뛰어난 성적을 쓰고 있는 동년배들과 임하는 선의의 경쟁 등등.

그러나 한마디로 하자면, '그냥 뉴욕 양키스가 좋아서.'였다.

강력한 힘으로 리그에 군림하는 뉴욕 양키스가 좋았다.

빅클럽 중의 빅클럽에 쏟아지는 스포트라이트가 기꺼웠다.

그와 비슷한 처지의 동년배들과 함께하는 시간이 즐거웠다.

고리타분할 때도 있지만 가슴을 간질이는 전통과 솔선수범하는 베테랑들의 모습이 아름다웠다.

그래서 괜찮았다.

욱하는 기질을 자제해야겠다고 마음먹었지만 애초에 욱하는 일이 거의 없었다.

마치 지금이 그에게 딱 맞는 자리라는 듯, 꼭 맞는 옷이라는 듯 편안했다.

하지만 그건 뉴욕 양키스 내부에서만 한정된 이야기.

바깥에서의 그는 여전히 불같은 성격을 자랑하는 악동이었다.

누가 지금까지 특별히 건드리지 않았기에 묻혀 있었을 뿐.

[나우 배팅, 뉴욕 양키스 넘버 41. 매니-! 마차도-!]

그런데.

지난 만남에서 그에게 3삼진을 선사한 투수가.

안 그래도 언제고 설욕하려 했던 놈이 자신을 손쉬운 먹잇감으로 바라본다?

매니 마차도가 입가를 씰룩였다.

'기분 엿 같다고? 오냐, 나도 마찬가지였다.'

열기 오른 그의 머리가 오직 하나만을 생각했다.

'커브.'

몇 번이고 그의 방망이를 유린했던 그 궤적.

오늘 역시도 반드시 던지고야 말 그 공.

콰악-!

매니 마차도가 자세를 잡는 즉시.

그만큼이나 열기 오른 투수의 공이 쏘아졌다.

[클레이튼 커쇼, 초구!]

매니 마차도가 손에 힘을 뺐다.

빼엉-!

"스트라이크!"

[초구 스트라이크! 97마일이 찍힙니다! 클레이튼 커쇼 선수가 전력투구를 하네요!]

[2이닝만 소화하면 되니 힘을 아낄 필요가 없죠.]

카운트는 불리해졌지만 매니 마차도는 신경도 쓰지 않았다.

'반드시 온다.'

아직 고작해야 1스트라이크.

기다리기에 충분한 기회가 그에게 있었다.

[클레이튼 커쇼, 제2구!]

그리고 기회는 생각보다 빨리 찾아왔다.

"흐읍-!"

기합성과 함께 뻗어 나온 클레이튼 커쇼의 왼팔에서 공이 떠나는 순간.

매니 마차도의 다리가 움직였다.

콰직-!

매니 마차도의 천재적인 재능이 그의 몸을 이끌었다.

6월 말, 경기 직후 수없이 영상을 돌려 보며 그렸던 그림대로.

부우웅-!

지면에서 하체로, 하체에서 상체로.

전환된 힘이 그의 방망이를 휘돌렸다.

아래에서 위로. 꺾여 들어오는 커브와 우연을 가장한 필연적인 만남을 가질 수 있도록.

물론 클레이튼 커쇼의 의지를 담은 커브는 코웃음 치며 한 달 전처럼 매니 마차도의 방망이를 피해 가려 했지만.

으드득-!

악문 이를 통해 전달된 힘을 받은 손목이 그 회피를 허락지 않았다.

따아아악-!

귀와 손을 통해.

경기장에 있는 그 누구보다 미래를 먼저 내다본 매니 마차도가 뇌까렸다.

'만날수록 유리한 게 타자라지, 아마?'

서로를 알지 못할수록 유리한 것은 투수.

서로를 잘 알수록 유리한 것은 타자.

메이저리그의 격언을 되새긴 매니 마차도가 손아귀에 힘을 풀었다.

다만 팔과 손목에선 힘을 빼지 않은 채로.

[큽니다! 좌측…… 엇! 매니 마차도 선수가 배트를 집어 던졌습니다! 클레이튼 커쇼를 상대로 배트플립을 하는 매니 마차도! 그동안 공은, 공은! 담장을- 넘어갑니다! 매니 마차도의 솔로 홈런! 아메리칸리그의 백투백 홈런이 터집니다!]

"흥."

2-0.

클레이튼 커쇼의 얼굴이 흉신악살처럼 일그러졌다.

마이크 트라웃의 인사이드 더 파크 홈런에 이은 매니 마차도의 솔로 홈런과 배트플립.

경기장의 분위기는 더 이상이라는 말이 생각나지 않을 정도로 과열됐다.

"우와아아아아-!"

"그렇지! 이런 걸 보러 온 거라고!"

하지만 벤치 클리어링은 벌어지지 않았다.

더그아웃에서 뿜어져 나오는 브렛 가드너의 칼날 같은 눈빛에 매니 마차도가 더 이상의 도발을 자제한 것도 있었으나.

애초에 야구인들의 축제인 올스타전에서 벤치 클리어링은 어불성설이었으니 당연한 일이었다.

그러나 클레이튼 커쇼에게는 당연하지 않았다.

"으아아-!"

풀 길 없는 감정을 담은 클레이튼 커쇼의 공이 애꿎은 타팀 타자들을 무자비하게 몰아쳤다.

뻐엉-!

"스트라이크아웃!"

[루킹 삼진! 클레이튼 커쇼 선수가 삼진으로 분위기를 반전시킵니다!]

마이크 트라웃이나 매니 마차도보다 한 수 위의 이름값을 가진 미겔 카브레라도.

부우웅-!

[스윙 앤 어 미스! 두 타자 연속 삼진! 클레이튼 커쇼 선수가 이제야 페이스를 찾은 모습입니다!]

[원래 이게 클레이튼 커쇼 선수의 모습이죠.]

양대 리그 통합 홈런 1위에 올라 있는 크리스 데이비스도 그런 클레이튼 커쇼를 공략하지 못했다.

그리고 마침내 두 번째 핀스트라이프가.

마이크 트라웃의 두 번째 경쟁자가 차례를 이어받았다.

[나우 배팅, 뉴욕 양키스 넘버 24. 게리—! 산체스—!]

바로 어제 홈런더비에서 최다 홈런 기록을 갱신한 거포, 게리 산체스.

매니 마차도와 마찬가지로 한 달 전 클레이튼 커쇼에게 무안타로 무릎 꿇었던 사나이였다.

[게리 산체스 선수가 타석에 들어섭니다.]

신(神)이 설계한 포수가 아닌, 신(信)과 함께하는 포수가 눈을 빛냈다.

마치 두 타석 전의 매니 마차도가 그러했듯이.

"후우……."

클레이튼 커쇼를 벼르고 있던 건, 매니 마차도만이 아니었다.

불어 내쉬는 한숨과 함께 기억들이 그의 머릿속을 스쳤다.

다만 그가 그리는 궤적만큼은 동년배 팀 동료와 달랐다.

'포심 패스트볼.'

커브가 아닌 포심 패스트볼.

평범한 투수보다 15센티미터 정도 위에 형성되며, 솟아오

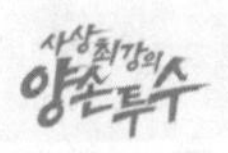

르는 듯한 효과를 가진 그 공.

누구보다 그런 공에 대해 잘 알고 있는 포수가 자세를 잡았다.

[클레이튼 커쇼, 초구!]

누군가는 이야기한다.

홈런더비에 참가하는 건 타자에게 독이라고.

일리가 있는 말이다.

홈런더비를 진행하며 몸에 새겨진 큰 스윙이, 남은 페넌트레이스에서 타자의 부진을 초래한다는 게 아예 근거 없는 소리는 아니었으니까.

하지만 홈런더비 바로 다음 날 펼쳐지는 올스타전.

오늘만큼은 그 큰 스윙이 게리 산체스를 도왔다.

따아아악-!

[쳤습니다! 다시 좌중간! 큽니다! 커요! 쭉쭉 뻗습니다!]

[이건 넘어갔어요!]

어제 수없이 넘긴 담장.

그 너머로.

[떨어지질 않습니다! 계속 갑니다! 어디까지 가나요!]

게리 산체스의 타구가 관중들의 시야에서 벗어났다.

[사라졌습니다! 경기장 밖으로 사라지는 공! 장외 홈런! 뉴욕 메츠의 홈구장, 시티 필드에서! 뉴욕 양키스의 게리 산체스 선수가! 커리어 최초 장외 홈런을 때려 냅니다!]

[마치 어제의 홈런더비를 보는 것 같군요. 대단합니다, 게리 산체스 선수! 호쾌한 스윙이었어요!]

[한 개 이닝에 세 개의 홈런! 아메리칸리그의 방망이가 너무나 뜨겁습니다!]

장외 홈런.

다른 말로 하면, 아웃사이드 더 파크 홈런.

카메라가 더그아웃의 마이크 트라웃과 그라운드를 도는 게리 산체스를 동시에 잡았다.

그걸 확인한 해설자가 우연히 발생한 어떤 기록을 언급했다.

[그러고 보니 공교로운 일이군요. 한 이닝 안에서 세 종류의 홈런이 나왔어요. 마이크 트라웃 선수의 인사이드 더 파크 홈런, 매니 마차도 선수의 평범한 솔로 홈런, 게리 산체스 선수의 아웃사이드 더 파크 홈런. 이것도 진기록이 되겠네요.]

91년과 92년.

김신의 옆에 이름을 올리고자 하는 90년대 생들의 집념 뒤로.

[그 진기록을 허용한 투수가 클레이튼 커쇼라는 게 참 아이러니입니다.]

[그러게 말입니다. 멘탈이 상당히 흔들리겠는데요.]

88년생 클레이튼 커쇼가 무너져 내렸다.

가을이 오기도 전에.

홈런 세 방으로 3-0.

하지만 클레이튼 커쇼는 역시 클레이튼 커쇼였다.

후속 타자인 6번 호세 바티스타를 삼진으로 잡아내며 무려 3삼진으로 이닝을 마무리한 것.

그를 향해 관중의 박수가 쏟아졌다.

짝짝짝짝짝-!

그중 한 사람, 양키스 광팬의 상징인 시즌권 보유자 빅터 케인이 속으로 아쉬움을 토했다.

'오늘이 일반 경기였으면…….'

1회 초에 3점.

그 정도면 승리하기에 충분하고도 남는 투수가 있었으니까.

이곳에도, 양키 스타디움에도.

잠시 후, 더한 박수 소리와 환호를 동반하여.

그 투수가 그라운드에 모습을 드러냈다.

[피처, 신-! 킴-!]

엎어지면 코 닿을 거리에서 열리는 올스타전에 옳다구나 하고 참여한 많은 핀스트라이프가 익숙한 노래를 불렀다.

"Kim Will Rock You-!"

그야말로 시티 필드가 양키 스타디움처럼 보이는 광경.

그 장관을 만들어 낸 투수가 모자를 벗어 인사했다.

"우와아아아-!"

"Kim Will Rock You-!"

더더욱 과열되는 분위기 속에서.

언제나와 같이, 김신이 손안의 공을 굴렸다.

동시에 역시 익숙하디익숙한 얼굴을 바라봤다.

오늘 그에게 제약을 가한 친구 놈의 얼굴을.

'장외 홈런이라…….'

아무리 배팅 볼이라지만 89구는 너무 많았다.

오늘 김신은 오른손을 사용할 수 없었다.

그러나 그게 게리 산체스의 홈런더비 우승, 역대 기록 갱신, 커리어 첫 장외 홈런을 제물로 한 것이었다면.

'어쩌겠어.'

이벤트전 하루쯤은 감당해야지 어쩌겠나.

심지어.

'꼭 필요한 것도 아니고.'

왼손만 사용한다고 해서 김신이 딱히 약해지는 것도 아니었다.

오늘 그가 소화해야 할 시간은 고작 2이닝.

[1회 말, 0-3으로 뒤지고 있는 내셔널리그의 공격! 1번 타자는 2루수 브랜든 필립스 선수입니다!]

그 정도면 왼손만으로도 충분했다.

"흐읍-!"

김신이 다리를 들어 올렸다.

작년 올스타전에서의 악몽을 내셔널리그 타자들에게 다시 선사하기 위해.

빼엉-!

"스트라이크!"

초구는 역시 102마일의 바깥쪽 포심 패스트볼.

결과는 당연히.

빼엉-!

"스트라이크아웃!"

2013년 7월 17일 뉴욕.

잔치의 주인공이 상석(上席)에 군림했다.

그 무렵.

시티 필드에서 얼마 떨어지지 않은 뉴욕 어딘가.

신입과 함께 같은 핀스트라이프들의 활약상을 감상하던 그들의 대장이 입을 열었다.

"내년에는 같이 저기 가자고."

분석(分析).

복잡한 현상이나 대상 또는 개념을, 그것을 구성하는 단순

한 요소로 분해하는 행위.

인간이란 분석을 좋아하는 동물이다.

어쩌면 그것은 필연적인 결과일지도 모른다.

자연에 내던져진 인간이 지식을 쌓는 방법은 끊임없이 분석하는 방법뿐이었을 테니까.

종의 생존에 더불어 종래에는 종의 발전을 위해서라도 인간은 끊임없이 분석해야 했다.

그것은 현대에 이르러서도 다르지 않다.

이제는 자연에 대한 투쟁의 단계에서는 벗어났지만.

벗어났다고 생각했던 만인의 만인에 대한 투쟁 상태가 다시 도래하고 있기 때문이다.

자연이나 다른 종이 아닌 같은 인간끼리의 심화된 경쟁 속에서 살아남기 위해선, 저마다의 분석은 필수적인 덕목이라고 할 만하다.

따라서 당연히 야구에도 분석이 보편화될 수밖에 없다는 소리고.

그 가장 확실한 증거가 바로 세이버 매트릭스의 대두다.

하지만.

〈7-0! 제84회 메이저리그 올스타전의 승리는 아메리칸리그의 품으로!〉

연속된 아메리칸리그의 올스타전 대승에 대해서는 굳이 세이버 매트릭스를 가져다 댈 것도 없었다.

〈8-0 그리고 이번엔 7-0. 아메리칸리그의 승승장구 뒤엔 양키스가 있었다!〉

클레이튼 커쇼라는 내셔널리그를 대표하는 투수를 상대로 첫 타석부터 홈런을 때려 낸 매니 마차도와 게리 산체스.

이어 내셔널리그의 추격을 단호히 차단하며 2이닝을 꽁꽁 묶어 버린 김신.

대주자로 교체돼 올라갔지만 도루와 득점까지 기록한 브렛 가드너.

대타로 출전해 그를 불러들인 추신서.

2연속 안타를 기록한 조시 도널드슨.

마지막으로, 당연하다는 듯 경기를 마무리해 버린 마리아노 리베라.

7인의 스트라이프가 올스타 멤버로 참전하여 저마다의 활약을 펼쳤으니 말이다.

"돌아와서 맥 빠지면 안 되는데."

행복에 겨워 종종 올스타전에 다녀와서 성적이 곤두박질치는 만일의 경우를 걱정하는 양키스 팬들과 달리.

"빌어먹을 양키스 놈들."

"콱 누구 부상이나 당해라."

타 팀 팬들은 양키스의 추락을 간절히 바랐다.

그리고 아이러니하게도, 다른 방향으로 그 바람이 이루어졌다.

〈마크 테세이라, 후반기 복귀도 불투명!〉

〈황당한 마크 테세이라의 추가 부상! 계단에서 미끄러져 발목 골절?〉

부상이 거의 다 회복되어 복귀 초읽기에 들어갔던 마크 테세이라가 어이없는 추가 부상을 당하게 된 것이었다.

"이런 미친……!"

"운동선수라는 놈이 제 몸 관리 하나 제대로 못 해!"

호세 아브레유의 부진을 보면서 마크 테세이라의 복귀를 고대하고 있던 양키스 팬들이 욕설을 씹어뱉었다.

그러나 7월 말.

후반기의 뚜껑이 열린 다음, 그런 말들은 언제 있었냐는 듯 흔적도 없이 사라지고 말았다.

따악—!

[호세 아브레유—! 우중간을 가릅니다! 3루 주자 조시 도널드슨 홈—인! 2루 주자 매니 마차도도 홈을 밟습니다! 호세 아브레유의 싹쓸이 안타!]

극도의 부진을 겪는 듯했던 호세 아브레유가 살아났으니까.

물론.

부우웅—!

[스윙 앤 어 미스! 헛스윙 삼진으로 물러나는 호세 아브레유! 뉴욕 양키스의 공격이 잔루 2루로 종료됩니다!]

쿠바에서처럼 본즈와 비견되는 활약을 펼치지는 못했지만.

호세 아브레유는 적어도 공격력에서만큼은 마크 테세이라를 그리워할 필요가 없는 퍼포먼스를 보여 주었고.

빼엉—!

[1루에서 아웃입니다!]

적어도 동료들의 수비력을 떨어뜨리지는 않을 정도의 포구 능력을 증명해 냈다.

"헤…… 헬로우?"

또한 영어를 배우고, 팀원들과 섞이기 위해 노력하기까지 했으니.

"이건 뭐, 안 봐도 알겠네."

그 모습을 보고 누군가의 손길이 닿았음을 추론해 낸 김신이 가장 유력한 용의자에게 찾아가 넌지시 말을 건넸다.

"뭘 하신 겁니까, 캡틴?"

"응? 뭐?"

"우리 1루수요."

그러나 옆구리를 찔러 오는 김신의 손가락에 피식 웃은 데릭 지터는 고개를 저었다.

"아무것도 안 했어."

데릭 지터는 정말 그렇게 생각했다.

그가 한 거라곤 그저 호세 아브레유를 집에 초대해 함께 올스타전을 본 것과 꼰대의 조언 한마디를 짧게(?) 전한 것뿐이었다.

-베리 본즈는 베리 본즈고, 데릭 지터는 데릭 지터고, 김신은 김신이며, 호세 아브레유는 호세 아브레유다.

누구나 할 수 있는 뻔하고 좋은 말.

거기에 내년에는 같이 올스타전에 참여하자고 제안한 게 끝이었다.

그것도 호세 아브레유 본인이 아니라 통역사를 통해서.

하지만 데릭 지터의 생각과는 달리.

그에게는 아주 멋진 재능이 하나 있었다.

-듣고 보면 흔한 말인데 캡틴이 진지하게 얘기하면 뭔가 다르단 말이야.

-너도 그렇게 느껴? 나도 그래.

바로 뻔하고 좋은 말을 색다르게 전달할 수 있는 재능.

데릭 지터라는 위대한 선수가 지닌 영향력과 합쳐진 그의 재능은 호세 아브레유의 마음가짐을 조금, 아주 조금 변화시켰다.

또한 그 작은 움직임은 게리 산체스를 비롯한 양키스 팀원들을 만나 그보다는 조금 큰 날갯짓을 불러왔다.

〈호세 아브레유, 메이저리그에 안착 성공!〉

그 결과가 바로 호세 아브레유의 반등이었던 것이다.

"진짜라니까?"

데릭 지터의 태도를 대답할 생각 없다는 능청으로 받아들인 김신이 눈을 가늘게 떴다.

'뭐, 좋은 게 좋은 거니까.'

한발 물러선 김신이 함께 너스레를 떨었다.

"흠, 됐습니다. 굳이 궁금하진 않네요."

"하, 나 진짜……. 이게 캡틴 말을 못 믿어?"

"아니, 평소에 캡틴을 돌아보시고 그런 말씀을 좀 하세요. 지피지기면……."

"뭐? 야, 저기 가서 음료수나 가져와! 건방진 놈."

"옙!"

이제는 게리 산체스뿐 아니라 핀스트라이프라면 누구나 알고 있는 김신의 입버릇을 끊어 내며 캡틴으로서의 권위를 세운 데릭 지터가 팔짱을 꼈다.

'돌아오면 열심히 해야겠다, 테세이라.'

그의 시선이 오래도록 한 사람이 서 있었던 양키 스타디움의 1루 베이스를 어루만졌다.

후반기.

양키스의 호재는 비단 호세 아브레유의 반등뿐만이 아니었다.

4개월간의 타이트한 일정 탓에 여기저기 부상자가 생겨나기 마련인 여름.

양키스에는 오히려 반가운 얼굴이 돌아왔다.

"롱 타임 노 씨!"

"미스터 사바시아!"

"돌아오셨군요!"

C. C. 사바시아.

2009년부터 2011년, 양키 스타디움의 파크 팩터를 끌어내릴 정도로 환상적인 모습을 보여 줬던 전(前) 양키스의 에이스.

팔꿈치 수술과 재활로 전반기를 통으로 날려 버렸지만, 사바시아는 역시 사바시아였다.

뻐엉-!

"스트라이크!"

[삼진! C. C. 사바시아 선수가 자신의 메이저리그 복귀전을 아주 훌륭한 성적으로 치르고 있습니다!]

[안 그래도 강력한 양키스 선발진의 등 뒤에 날개가 달렸네요.]

마이너에서 리햅을 거치긴 했지만 메이저리그 복귀전에서 7이닝 2실점.

퀄리티스타트 플러스를 달성하며 단숨에 2선발급 자리까지 치고 올라왔다.

그러나.

뻐엉-!

무려 그 C. C. 사바시아조차 2선발 자리를 차지할 수는 없었다.

뻐엉-!

올스타 브레이크 이후 로테이션 조정을 통해 마침내 김신의 바로 뒷자리를 차지했던 투수가.

뻐엉-!

미친 듯한 퍼포먼스를 보이고 있었으니까.

뻐엉-!

[코리 클루버-! 환상적입니다! 시즌이 지날수록 점점 강해지고 있어요!]

[여름이면 보통 선수들이 다들 지칠 때거든요? 그런데 코리 클루버

선수는 지칠 줄 모르는 것 같습니다!]

메이저리그 최고의 마구라는 김신의 포심 패스트볼을 맹추격이라도 하듯 코리 클루버의 슬러브가 연신 타자들의 방망이를 농락했다.

부우웅—!

[스윙 앤 어 미스! 다섯 경기 연속 두 자릿수 삼진을 기록하는 코리 클루버 선수입니다!]

본디 사이 영을 수상했던 2014년보다 반년 빠른 시점의 폭발.

김신이 고개를 주억거렸다.

'그래, 터져 줘야지.'

그렉 매덕스의 코칭도 있었고, 그도 물심양면으로 지원했는데 달라지지 않는다면 어불성설이 아닌가 말이다.

뻐엉—!

7월 말.

완벽해진 양키스의 모습이 김신의 입가에 선명한 미소를 만들어 냈다.

이제 바라는 것은 하나뿐.

'부상만 없어라.'

김신뿐 아니라 핀스트라이프를 입은 모두가 간절히 소망했다.

뜨거운 햇살이 정점에 달하는 계절, 8월.

대부분의 메이저리거에게 8월은 끔찍한 시간이다.

4개월간의 레이스 끝에 체력은 간당간당한데, 가만히 서 있기만 해도 땀은 송골송골 맺히니.

8월부터 9월까지 한 달간은 반쯤 오기로 버티는 선수가 태반인 게 현실이었다.

확장 로스터가 시작되는 시점이 9월인 것도 다 이유가 있다는 소리다.

그런 8월, 구단의 가장 큰 적은 부상이다.

떨어진 체력과 그로 인해 한계에 치달은 정신.

부상당하기에 딱 적당한 조건이 아닌가.

심지어 8월에 부상당했다가는 포스트시즌 결장이 거의 확정적이니, 웬만한 구단에서는 최대한 선수의 체력을 관리해 주고자 노력하는 게 당연지사였다.

하지만 뉴욕 양키스의 상황은 조금 달랐다.

"후우……."

선수 기용에 대한 전권을 가진 29번의 핀스트라이프.

조 지라디의 한숨이 감독실을 채웠다.

마치, 1년 전과 똑같이.

고민에 잠긴 그의 손가락이 책상을 두들겼다.

톡- 톡-.

이유 또한 같았다.

양키스가 너무 잘해서.

그래서 1년 전과 같이, 시즌 최다 승을 또다시 노릴 수 있는 위치에 서게 된 것이었다.

그러므로 작년처럼 선수들에게 충분한 휴식을 보장하기가 어려워진 상황이었다.

아니, 지난 시즌보다 상황이 조금 더 나빴다.

양키스는 지난 시즌보다 더 많이 치고, 많이 달렸다.

풀타임 시즌이 처음인 선수들이 많았고, 그들 사이에 촉발된 경쟁 심리로 훈련 분위기도 과열됐다.

즉, 지난 시즌보다 체력적으로 더 어려운 상황이라는 뜻이다.

과감히 로테이션을 돌리자니 성적이 아쉽고.

주전으로 밀어붙이자니 우승이 걱정되는.

그야말로 진퇴양난.

행복한 진퇴양난이긴 하지만 또다시 같은 고민에 휩싸이게 된 조 지라디가 헛웃음을 뱉었다.

"거참……."

그리고 선택했다.

"3루는 에두아르도 누네즈, 2루는 제이슨 닉스, 포수는 오스틴 로마인…… 커티스 그랜더슨은 중견수로 세우고……

일단은 이 정도가 최선인가."

할 수 있는 한 최대의 로테이션을.

건재한 김신에 더해 C. C. 사바시아의 복귀와 코리 클루버의 약진으로 리그 최고라 불리는 탄탄한 선발진.

불타는 방망이 덕에 예상치 못하게 부여된 휴식으로 쌩쌩한 상태를 유지하고 있는 불펜진.

유일하게 작년에 비해 나은 상태라 평할 수 있는 그 둘을 적극 활용하고자 하는 계산이었다.

승리하기 위해서 필요한 건 결국 1점이 아닌가.

상대 팀 위에 설 수 있는 단 1점.

"믿는다."

뉴욕 양키스의 선장이 빅볼 대신 스몰볼을 선택했다.

그런데.

오후에 펼쳐진 경기의 양상은 조 지라디의 생각과는 조금 달랐다.

빠엉-!

"스트라이크!"

C. C. 사바시아의 호투는 그의 예상과 같았으되.

따악-!

[담장…… 넘어갑니다! 초반부터 양키스의 공격이 매섭습니다!]

별다를 것 없다는 듯 몰아치는 방망이의 향연은 명백히 상정 외였다.

따악-!

그 중심에 한 남자가 있었다.

[데릭 지터-!]

긴 휴식을 통해 체력을 온존한 핀스트라이프들의 만형이.

연속된 홈런 포로 그 존재감을 알렸다.

〈6-1! 지치지 않는 양키스!〉

양키스의 시간이 계속됐다.

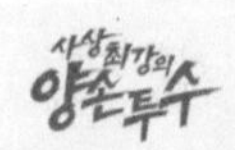

이 정도는 해야죠

시간은 상대적이다.

고난 속에 있는 메이저리거들에게는 아주 천천히.

기회를 바라는 마이너리거들에게는 쏜살과도 같이.

고난과 열정이 범벅되었던 여름이 지나갔다.

그리고 각기 다른 이유로 많은 선수가 바라마지않던 9월이 찾아왔다.

동시에 매니 마차도가 애써 외면하던 일도 현실이 됐다.

그의 몰골을 보고, 같이 콜 업된 이후 단짝이 된 델린 베탄시스가 배를 잡고 웃었다.

"크크크크크큭, 잘 어울리는데?"

익히 예상했던 반응에 매니 마차도의 입에서 새어 나오던 한숨이 짙어졌다.

"후우……."

루키 헤이징.

매니 마차도가 꼭 1년 전, 김신의 모습을 보고 내심 부러워하던 자신을 타박했다.

'그땐 이걸 왜 하고 싶었을까.'

여장을 했던 김신을 부러워해서일까, 매니 마차도는 순백의 드레스를 입은 9월의 신부가 돼 있었다.

"하아……."

다시 한번의 한숨과 함께 매니 마차도가 온몸을 치닫는 부끄러움을 숨기며 걸음을 옮겼다.

"왜 혼자 가? 같이 가자고, 큭큭큭큭!"

뒤따르는 델린 베탄시스의 웃음이 이어지기도 잠시.

"와아아아아–!"

"사인해 주세요!"

생짜 신인이었던 작년 가을과는 달리, 이제는 당당한 뉴코어의 멤버가 된 그에게.

마치 1년 전 김신에게 쏟아졌던 것과 같은 환호성이 내려앉았다.

또한 그의 목적지인 양키 스타디움에서도 그때와 비슷한 일이 재현됐다.

마이너에서 막 올라온 남자가 그때의 매니 마차도처럼 그의 모습을 바라보며 부러움을 숨기고 있었다.

"……."

물끄러미 밖을 바라보고 있는 그에게 어린 선배의 목소리가 찾아왔다.

"디그롬 씨, 여기 계셨군요."

그것으로 등장인물들의 정체가 공개됐다.

하나는 제이콥 디그롬.

김신의 왼팔을 오른쪽에 단 유망주.

김신이 자신의 뒷자리에 앉히고자 하는 투수.

또 다른 하나, 그에게 말을 건 어린 선배는.

"아, 산체스."

게리 산체스.

나이는 제이콥 디그롬보다 네 살이나 어리지만 메이저리그 경력은 비교할 수 없는 선배.

스프링 캠프에서 좋은 인연을 맺었던 두 사람이 같은 자리에 섰다.

제이콥 디그롬이 뭘 보고 있었는지를 확인한 게리 산체스가 감회를 토해 냈다.

"작년 생각나네요. 저랑 신이는 영화 캐릭터로 분했었죠."

"기억나. 그땐…… 기사로 봤었지."

"뭐, 지나고 보면 다 좋은 추억인 거 같아요. 디그롬 씨도 내년엔 하겠네요."

“…….”

오늘 제이콥 디그롬을 포함한 막 콜업된 루키들에게 클럽하우스를 안내해 주는 역할을 맡은 2년 차, 게리 산체스가 어깨를 으쓱였다.

“조금 더 보다 오실래요?”

“아냐, 갈게.”

“좋아요. 분석실부터 들르죠.”

9월의 시작을 여는 시카고 화이트삭스와의 3연전.

그중 2차전의 선발로 내정된 배터리가 걸음을 옮겼다.

[웰컴 투 메이저리그! 안녕하십니까, 시청자 여러분! 여기는 뉴욕 양키스와 시카고 화이트삭스, 시카고 화이트삭스와 뉴욕 양키스의 2차전 경기가 펼쳐지는 양키 스타디움입니다!]

다음 날, 5-1로 손쉽게 1차전을 가져간 양키스의 선발은 예정대로 제이콥 디그롬이었다.

[오늘 양키스의 선발이 참 특이합니다. 바로 어제 확장 로스터로 콜업된 제이콥 디그롬! 조 지라디 감독이 이 선수에게 빠른 데뷔를 선물했습니다!]

아무리 마이너를 폭격한 투수라고는 해도, 쉬이 보기 어려운 광경에 몇몇 팬들이 의아함을 토해 냈다.

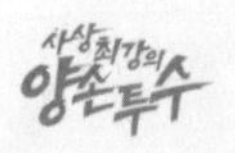

"얼마 전까지 마이너에 있던 햇병아리를 지금 왜? 당최 이해할 수가 없네."

"그러게 말이야."

137경기 95승 42패.

시즌 최다 승을 목표로 달리고 있는 양키스에서 내밀 만한 카드가 아니었던 탓이다.

물론 시카고 화이트삭스가 56승 80패를 기록하고 있는, 올해 최약체 팀이긴 하지만.

양키스에 선발 자원이 부족한 것도 아닌데 이런 선택을 내릴 타당한 이유가 부재했다.

"안전하게 불펜으로 데뷔시켜도 될 텐데 굳이 왜?"

그러나 조 지라디 감독의 판단은 달랐다.

저 위대해질 투수가 커리어를 불펜으로 시작하게끔 두고 싶지 않았다.

'키워 줘야 할 놈이야.'

애초에 스프링 캠프에서 끝의 끝까지 잡아 뒀을 때부터.

조 지라디 감독은 제이콥 디그롬의 가능성을 확신하고 있었으니까.

100마일을 던질 수 있는 투수는 왕왕 있다.

그러나 100마일을 말 그대로 '밥 먹듯이' 던질 수 있는 '선발'투수는 없다.

아니, 극히 드물다.

'김신을 제외하면 말이지.'

저스틴 벌랜더? 팀 린스컴? 크리스 세일?

100마일을 상회하는 공을 던질 수 있는 건 맞지만 그 내로라하는 강속구 투수들도 평균 구속은 빨라 봐야 90마일 중후반이다.

한데 제이콥 디그롬은 어떤가.

조 지라디가 직접 본 것을 포함해 그의 책상 위에 매일 올라오는 제이콥 디그롬의 마이너 기록이 증명하고 있었다.

저 제이콥 디그롬이라는 남자는.

'최소 6이닝, 혹은 7~8이닝까지도 100마일을 던질 수 있는 투수.'

……라고.

마치, 현재 메이저리그를 지배하고 있는 양키스의 에이스처럼.

코리 클루버나 델린 베탄시스 역시 뛰어난 재능이었지만 제이콥 디그롬에 비하면 빛이 바랬다.

그러므로 조 지라디 감독의 시야에서 자신의 판단은 타당했다.

"플레이볼!"

심판의 사인과 함께 감독의 믿음을 어깨 위에 단 투수가 공을 던졌다.

뻐엉-!

[워후! 초구부터 101마일이 틀어박힙니다! 이거, 다른 핀스트라이프가 생각나는데요? 별명이 참 어울리는 초구였습니다!]

[다만 바깥쪽으로 좀 많이 벗어났다는 점은 다르군요. 마이너 기록을 보면 어느 정도 제구가 되긴 하는 것 같은데… 메이저에서는 어떨지 지켜봐야겠습니다.]

초구 볼.

'역시인가.'

가져다 댄 미트와 전혀 다른 곳으로 들어온 공에 게리 산체스의 미간이 찌그러졌다.

마이너와 메이저의 차이는 넘을 수 없는 사차원의 벽이라고 할 만큼 크다.

어느 구단에 가서나 계륵으로 평가받는 패전 처리 투수라고 하더라도 마이너에 내려가면 리그의 지배자가 되는 것이 마이너와 메이저의 실력 차이니까.

그것은 타자 또한 마찬가지였다.

팀 순위 최하위, 팀 타격 최하위의 시카고 화이트삭스 타자들이었지만.

제이콥 디그롬이 상대하던 마이너 타자들과는 격이 달랐다.

'몸 쪽 공을 못 던지네?'

정확히 한 타석.

1번 타자 알레한드로 데 아자는 풀카운트 승부 끝에 중견수 플라이로 물러났으나.

그 승부에서 시카고 화이트삭스 타자들은 제이콥 디그롬의 상태를 곧바로 간파해 냈다.

'그럼 뭐…….'

그렇다면 결론은 당연했다.

[2번 타자 고든 베컴 선수, 타석에 바짝 붙습니다.]

배터 박스에 바짝 붙어 노골적으로 바깥쪽 공을 노리는 것.

게리 산체스가 그럴 줄 알았다는 듯 혀를 찼다.

'그래, 이렇게 나올 줄 알았다.'

구속과 제구.

투수의 가장 큰 무기지만 그 두 가지를 겸비할 수 있는 투수는 많지 않다.

구속이 높으면 제구가 날리고, 제구가 잡히면 구속이 떨어지는 경우가 대부분이다.

그리고 여기서 전자의 경우, 던질 수 있는 코스가 한정된다.

적이라 해도 타자를 정말 죽음의 위기에 빠뜨릴 순 없는 일이니까.

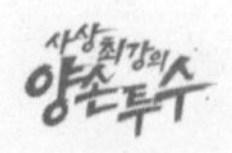

또한, 그걸 떠나서도 히트 바이 피치 볼로 1루를 헌납할 수도 없는 일이며.

양 팀 간의 수많은 보복 행위를 야기할 수는 없는 일.

결국 몸 쪽을 배제하고 바깥쪽 승부만으로 타자를 공략할 수밖에 없다.

현재의 제이콥 디그롬이 바로 그런 상태였다.

아직 그의 제구는 다듬어지지 못했다.

다만.

–이왕 이렇게 된 거, 어디 한번 마음껏 던져 보세요!

코스를 읽었다고 해서 과연 무조건 때려 낼 수 있는 걸까?

그렇다면 1번 타자 알레한드로 데 아자는 왜 중견수 플라이로 물러났을까?

쐐액–!

제이콥 디그롬의 오른팔에서 그 대답을 담은 100마일의 포심 패스트볼이 쏘아졌다.

부우웅–!

"스트라이크!"

제구는 어떨지 몰라도.

구속과 구위만큼은 김신의 그것에 비견될 만한 마구가 양키 스타디움을 가득 메운 관중의 눈을 사로잡았다.

뻐엉-!

〈제이콥 디그롬, 메이저리그 데뷔전 6이닝 4실점!〉

6이닝 4실점.

빈말로도 좋다고 하기 어려운 성적이 제이콥 디그롬의 손에 주어졌다.

당연했다.

아무리 구위가 훌륭해도 결국 제구가 받쳐 주지 않으면 어쩔 수 없는 일이었다.

하지만 괜찮았다.

자신이 아끼는 원석의 데뷔전을 위해, 조 지라디 감독이 비축해 뒀던 카드를 아낌없이 풀었으니까.

따악-!

[우익수 뒤로! 우익수 뒤로! 우익수 뒤로……! 미치지 못합니다! 잡을 수 없는 곳으로 떨어지는 조시 도널드슨의 타구! 양키스가 곧바로 승부를 되돌립니다!]

실점하면 금세 따라잡았고.

따악-!

[3유간-! 뚫렸습니다! 브렛 가드너-! 1루 돌아서 2루에서…… 세이프!]

따악-!

[벼락같은 스윙! 이 타구가 좌중간을…… 가릅니다-! 브렛 가드너를 곧바로 불러들이는 추신서의 적시타! 이번 시즌 수없이 가동됐던 양키스의 주 득점 루트가 오늘도 불을 뿜습니다!]

적이 주춤하면 도망가는 데 인정사정이 없었다.

그리고 승기(勝機)를 잡으면.

빼엉-!

"스트라이크아웃!"

굳건히 지켜 냈다.

[삼진! 마리아노 리베라 선수의 커터가 오늘도 양키스의 승리를 지켜 냅니다! 8-5! 선배들이 오늘 데뷔한 후배에게 데뷔전 승리를 챙겨 줍니다!]

[오늘 오랜만에 조 지라디 감독이 주전을 총출동시켰는데요. 역시 기대에 걸맞은 모습을 보여 줍니다.]

2 : 0.

리그 최강의 뉴욕 양키스와 리그 최약의 시카고 화이트삭스의 3연전에서 익히 예상됐던 결과였지만.

"아……."

1회 초, 제이콥 디그롬의 투구를 보고 오늘만큼은 이길 수도 있겠다 생각했던 시카고 화이트삭스 타자들이 아쉬움을 삼켰다.

'스윕은 면할 수 있었는데…….'

어차피 내일은, 3차전은.
반쯤 포기해야 하는 경기였으니까.

⚾

[피처, 넘버 92! 신-! 킴-!]
팀의 가장 마지막 선발이 출전한 다음 날.
응당 올라와야 할 에이스가 자신의 자리에 우뚝 섰다.
뻐엉-!
연습 투구만으로도 살이 떨렸으나, 그렇다고 포기할 수는 없는 일.
시카고 화이트삭스 타자들이 애써 힘을 냈다.
"저놈도 사람이야! 이길 수 있어!"
"그래, 어제 100마일은 지겨울 정도로 두들겼잖아?"
아니었다.
뻐엉-!
"스트라이크!"
비슷한 구속을 가진 제이콥 디그롬의 공을 몇 번이고 두들겼던 시카고 화이트삭스 타자들의 방망이가 애처롭게 공기만을 매만졌다.
뻐엉-!
[다시 한번 몸 쪽! 오늘 시카고 화이트삭스 선수들의 허리가 바쁘게

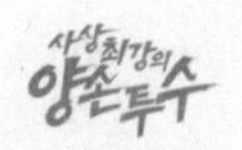

움직입니다!]

[어제와는 전혀 다른 양상이죠! 이게 바로 제구가 되는 강속구 투수의 무서움입니다!]

몸 쪽, 다시 몸 쪽.

빠엉-!

타자를 배터 박스에서 멀리 떨어뜨려 둔 다음엔 얄미울 만큼 보더 라인에 걸쳐 놓는 바깥쪽.

빠엉-!

칼날 같은 김신의 포심 패스트볼이 시카고 화이트삭스 타자들의 희망을 짓밟았다.

"스트라이크아웃!"

위대해질 투수의 눈앞에서, 위대한 투수의 공이 그가 지향해야 할 고지를 선명히 각인시켰다.

[환상적입니다! 오늘도! 오늘도 김신은 김신입니다!]

어제 이리저리 날뛰는 공을 잡기 위해 고군분투했던 게리 산체스의 표정이 편안해졌다.

'이래야지!'

물 흐르듯 흐르는 그의 미트와 함께.

가을이 깊어 갔다.

빠엉-!

"스트라이크!"

가을.

농부에게 가을이 1년 농사를 마무리하는 계절인 것처럼.

야구를 사랑하는 사람들에게 가을은 1년간의 여정을 정리하는 계절이다.

쌀쌀하지만 상쾌한.

어떤 일을 마무리하는 자가 느끼는 소회(所懷)와 꼭 닮은 바람을 맞으며.

김신이 발걸음을 옮겼다.

저벅- 저벅-.

10월 7일, 디비전 시리즈가 예정된 날 아침.

그가 무엇을 할지 알고 있다는 듯 활짝 열린 문과 함께, 그의 기록들이 그를 환영했다.

사이 영과 MVP, 투수로서 받을 수 있는 최고의 영예부터.

각종 시리즈 MVP와 이 달의 투수 상 등 그 밑을 채우는 다양한 상패들.

그리고 마지막, 양키스 마크가 새겨진 반지들이 그를 반겼다.

"……."

그것들을 찬찬히 둘러본 김신의 눈동자가 벽면으로 향할 찰나.

"역시 여기 있었네."

익숙한 목소리가 그의 시선을 훔쳤다.

많은 세월이 흘렀지만 여전히 아리따운 그의 아내가 그곳에 서 있었다.

김신의 입가에 미소가 차올랐다.

"왔어? 건이는?"

"방금 출근했지. 알잖아, 출근하기 전에 자기 마주치는 거 별로 안 좋아하는 거."

그녀로부터 전해져 오는 아들의 소식에 김신이 담담하게 고개를 끄덕이는 걸 바라보며.

캐서린 킴이 짐짓 한숨을 쉬었다.

"하여간 둘 다 고집불통이라니까."

어쩌면 그렇게 똑닮았는지.

새삼 유전자의 신비를 체감한 그녀가 남편을 재촉했다.

"늦은 거 알지? 오늘은 여기까지 하고 얼른 출근해."

"응."

말 잘 듣는 강아지처럼 그녀의 말에 즉각 움직이는 남편이 기꺼워 웃음 짓던 그녀가 한마디를 덧붙였다.

"말 안 해도 알지?"

승리하고 오라는 그 말에 당연하다는 듯 손을 흔들며.

92번의 핀스트라이프가 문 밖으로 사라졌다.

"……."

넓은 방 안에 홀로 남은 캐서린의 눈동자가 김신이 바라보던 벽면을 훑었다.

그곳에 있는 건, 기사들.

김신의 여정을 기록한 기사들이었다.

〈포스트시즌 전승! 양키스와 김신을 막을 수 없었다!〉

2013년, 디비전시리즈부터 월드시리즈까지 전승 우승을 했던 일.

〈10년 4억 1천만! 김신, 역대급 계약에 사인하다!〉

그해 겨울, 20년이 넘게 지난 지금까지도 TOP 5 안에 드는 대형 계약을 체결했던 일.

〈범가너의, 범가너에 의한, 범가너를 위한 시리즈!〉

2014년, 매디슨 범가너라는 미친 투수의 활약에 스리핏이 좌절됐을 때의 일.

〈김신, 데릭 지터의 빈자리를 훌륭하게 메우다!〉

2016년, 데릭 지터로부터 주장 자리를 물려받았던 일.
"이때 참…… 그렇게 싫어했는데 말이야. 지금 돌아보면 지터 씨가 잘했어."
집까지 찾아오는 데릭 지터의 공세에 결국 무릎 꿇었던 남편을 생각하며, 캐서린은 계속해서 기사들을 읽어 나갔다.

〈예정된 일이었다! 악의 제국 양키스! 21세기 최초의 스리핏 달성!〉

2017년, 스리핏을 쟁취하고 포효하던 일.

〈양키스를 무너뜨린 건 결국 레드삭스! 2018 CS의 승자는 보스턴의 턱수염들!〉

2018년, 라이벌 보스턴 레드삭스에게 연패(連覇)가 끊어졌던 일.

〈The Glory. 10년간 8번의 우승. 양키스 영광의 10년!〉

2019년부터 2021년, 두 번째 스리핏 이후 세계의 찬사를 받았던 일.
"대단했지, 정말."

물론 좋은 일만 있을 순 없었다.

〈김신, 오른쪽 어깨 심각한 부상? 장기 DL 확정!〉

2022년. 10년짜리 계약을 2년 남겨 둔 해.

김신의 오른쪽 어깨가 한계를 호소했다.

과거, 오른손으로는 고작 2년밖에 던져 보지 않았던 김신으로서는 꿈에도 몰랐던 파국.

더군다나 10년 동안 스위치피칭을 감당했던 그의 코어, 정확히는 허리도 결코 좋다고 말할 수 없었다.

하지만 김신은 다시 일어났다.

당연했다. 그에게는 아직 왼팔이 남아 있었으니까.

오른팔과는 달리 탁월한 내구성을 이미 증명했던 강철의 왼팔이.

〈스위치피칭은 끝났지만 김신의 시대는 끝나지 않았다!〉

2023년.

장기 계약의 마지막 해, 1년간의 재활을 끝내고 돌아온 김신은 다시 한번 사이 영을 수상했고.

〈7년 3억! 김신의 유니폼은 달라지지 않았다!〉

두 번째 장기 계약 또한 체결됐다.

그 뒤로도 이어지는 수많은 찬사를 일일이 재확인한 그녀의 눈동자가 마지막 기사로 향했다.

〈여전히 우리는 김신의 시대에 살고 있다〉

이미 투수가 이룰 수 있는 모든 것을 이뤘음에도.

여전히 양키스의 에이스 자리를 놓지 않는 고집쟁이가.

내디디는 일 보, 일 보가 모조리 신화가 되는 리빙 레전드의 사진이 그곳에 있었다.

바로 방금 전, 그녀의 앞에 있던 남자의 얼굴을 바라보며.

"잘생겼네."

그 남자를 소유한 여자가 행복에 겨운 미소를 지었다.

—출근하실 시간입니다.

"아 참, 내 정신 좀 봐."

손목에 찬 스마트 워치에서 울리는 음성이 그녀의 출근을 재촉할 때까지.

2034년.

그가 데뷔한 지 23년.

강산이 두 번 바뀌고도 30%나 변할 시간.

김신의 얼굴에 새겨진 주름만큼이나 세상도, 뉴욕 양키스도 많은 부분이 변해 있었다.

데릭 지터, 브렛 가드너, 추신서 등 그의 앞에서 등을 보이던 남자들은 이미 사라진 지 오래고.

코리 클루버, 델린 베탄시스, 매니 마차도, 조시 도널드슨 등 그와 어깨를 나란히 하던 동료들도 한참 전에 그라운드를 떠났다.

심지어 그보다 늦게 데뷔했던 제이콥 디그롬, 무키 베츠, 애런 저지 등도 이제는 은퇴했다.

"오셨습니까, 캡틴!"

"캡틴! 이것 좀 보세요!"

이제 그의 시야를 채우고, 귀를 간질이는 건 병아리 같은 후배들의 인사였고.

따악―!

"그게 아니라고 했잖아! 타구가……."

온갖 첨단기기를 동원한 스마트한 훈련 방식이었다.

하지만 달라진 것들 사이에, 달라지지 않은 것들도 분명 있었다.

가령.

"로미, 메모 띄워."

―예, 주인님.

이제는 수첩과 펜이 아닌 스마트폰과 안경을 이용하지만, 여전히 열성적으로 상대 선수들의 정보를 정리하는 김신의 모습이 그러했고.

"캡……."

"시작하셨다. 건드리지 마."

등판일의 그에게 함부로 접근하지 못하는 후배들의 모습이 그러했다.

또한.

"야, 무게 잡지 말고 가자. 불펜 피칭할 시간이야."

아직도 핀스트라이프를 입고 있는 게리 산체스의 모습이 그러했다.

20년이 넘는 세월 동안 그의 공을 받아 왔던 친우의 얼굴에 김신이 익숙한 인사를 건넸다.

"왔냐?"

"그래, 오셨다."

물론 게리 산체스도 선수로서 핀스트라이프를 입고 있는 건 아니었다.

포수 특유의 짧은 선수 생명은 그로서도 어찌할 수 없었고.

1루수로, 지명 타자로 보직을 옮겼음에도 은퇴를 막을 수는 없었다.

그러나 핀스트라이프를 입는 방법이 꼭 그라운드에서 뛰는 선수가 되는 것뿐만은 아니었다.

"넌 인마, 선수가 코치를 기다리게 하냐?"

뉴욕 양키스의 3년 차 배터리 코치가 23년 차 선발투수를 향해 손을 내밀었다.

꽈악-!

"선수니까 코치를 기다리게 하는 거지."

그 손을 잡고.

23년 동안 변하지 않은 뉴욕 양키스의 에이스가 몸을 일으켰다.

2034년.

김신의 열여덟 번째 포스트시즌이 시작됐다.

뻐엉-!

[웰컴 투 메이저리그! 뉴욕 양키스와 보스턴 레드삭스의 디비전 시리즈! 여기는 그 첫 번째 경기가 열리는 양키 스타디움입니다-!]

선선한 가을바람과 함께 해설진의 외침이 뉴욕을 뒤흔들었다.

그에 양키 스타디움을 가득 메운 핀스트라이프들은 익숙한 노랫소리로 화답했다.

"Kim Will Rock You-!"

23년은 긴 시간이다.

그동안 많은 응원가가 김신의 머리 위에 울려 퍼졌지만, 결국 가장 처음에 만든 응원가보다 입에 착착 붙는 것은 없었고.

여전히 핀스트라이프들은 23년 전에 만들어진 응원가를 가장 좋아했다.

그 환영에, 역시나 변하지 않은 루틴으로.

스윽-.

김신이 모자를 벗어 인사했다.

"와아아아아아아-!"

그 모습을 지켜본 해설진이 다시 마이크를 잡았다.

[올해로 데뷔 23년 차! 하지만 오늘도 양키스의 1선발로서! 상대 팀에게 절망을 선사하기 위해 이 선수가 마운드에 오릅니다! 신-! 킴-! 관중석에는 92번밖에 보이지 않는군요!]

[보스턴 레드삭스로서는 정말 치가 떨리는 등 번호죠.]

23년은 긴 시간이다.

김신 또한 몇 번의 패배를 경험했다.

페넌트레이스에서는 물론이거니와 포스트시즌에서도.

하지만 공교롭게도.

아직까지 단 한 번도 김신에게 이겨 보지 못한 팀이 있었다.

페넌트레이스에서는 물론이거니와 포스트시즌에서는 당연히.

심지어 그들이 양키스를 챔피언십시리즈에서 꺾고 월드시리즈 우승을 차지하던 해에도, 김신에게 패전투수라는 치욕을 안겨 주지는 못했다.

그런 전통을 가진 보스턴 레드삭스의 1번 타자.

리카르도 베네타가 한숨을 내쉬었다.

'저 영감님은 도대체 언제 은퇴하냐.'

2028년 데뷔 이후 이제 6년 차.

육체와 기술이 조화를 이루는 골든크로스, 최고의 전성기를 맞이한 리그 수위의 리드오프.

올해 257안타.

스즈키 이치로의 한 시즌 최다 안타 기록을 위협했던 절정의 교타자가 바로 그였다.

그러나.

'제발 좀 은퇴했으면 좋겠다.'

그런 그라도 23년 묵은 저 괴물의 공을 칠 수 있다 장담할 수가 없었다.

꽈악-!

하지만 그렇다고 포기할 수는 없는 법.

보스턴에서 태어나 보스턴에서 뛰는, 보스턴을 사랑하는 남자가 그들의 첫 번째 승리를 위해 방망이를 부여잡았다.

하지만 다음 순간.

[김신 선수, 초구!]

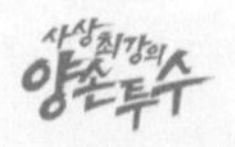

대기 타석에서 연습했던 타이밍과는 확연히 다른 공 하나가 그의 시야 안에서 확대돼 왔다.

뻐엉-!

"스트라이크!"

[포심! 바깥쪽 보더라인에 정확히 걸치는 포심으로 초구 스트라이크를 잡는 김신 선수입니다! 그 리카르도 베네타 선수가 방망이를 내밀지 못하네요!]

[무려 디비전시리즈에서 초구 포심을 던질 걸 전혀 예상하지 못한 것 같습니다. 하지만 김신 선수는 그런 선수거든요! 항상 예상을 뛰어넘는 선수가 바로 김신 선수입니다!]

리카르도 베네타가 침을 탁 뱉었다.

'음흉한 노인네 같으니.'

88마일.

육성 기술과 분석 기술의 발달로 100마일을 뻥뻥 던져 대는 투수들이 즐비한 메이저리그에서 결코 빠르다고 할 수 없는 공.

하지만 방금 전의 리카르도 베네타로선 절대로 칠 수 없는 공이었다.

왜냐고?

[김신 선수, 제2구!]

경기당 10% 정도밖에 사용하지 않는 포심이 아닌, 바로 이 빌어먹을 공이 들어올 걸로 생각했으니까.

이번 시즌 내내, 반드시 초구로 던지던 바로 이 미친 공이 들어올 걸로 확신하고 있었으니까.

김신의 손에서 떠난, '회전하지 않는 공'이 리카르도 베네타의 눈을 어지럽혔다.

'한 번…… 두 번……!'

마지막의 마지막까지 변화를 확인한 리카르도 베네타가 이를 부득 갈며 방망이를 돌렸다.

그러나 그의 과격한 방망이는 필드 위를 우아하게 노니는 나비를 잡기엔 너무 폭력적이었다.

부우웅-!

"스트라이크!"

너클볼. 77.4마일.

이번 시즌, 월드시리즈를 제패하기만 한다면 김신에게 열세 번째 사이 영을 안겨다 줄 것으로 생각되는 공이 세 번째 변화와 함께 미트에 안착했다.

'지독한 새끼, 역시나 컨디션이 바짝 섰구먼.'

더그아웃에서 지켜보던 게리 산체스가 고개를 저었다.

김신에게 2034년은 좌절의 해였다.

이전 생, 좌완의 구속 저하를 간신히 우완 언더핸드로 극복했지만 또다시 운명처럼 찾아오고야 만 우완의 구속 저하.

그것을 극복하지 못하고 은퇴했던 해였기 때문이다.

그러므로 김신으로선 2034년의 자신을 준비하는 것이 당연했다.

그것도 평범한 방법으론 안 됐다.

아무리 어렸을 때부터 체계적으로 관리한다고 해도 흐르는 세월을 피할 수는 없는 법.

반드시 찾아올 몰락을 대비할 특단의 조치가 필요했다.

그리고 아주 운이 좋게.

2013년, 김신에게 그럴 수 있는 단초가 찾아왔다.

–이건 역시…… 너클볼…… 아닌가요?

2013 월드 베이스볼 클래식 결승전.

한계의 한계까지 짜내던 그 순간 찾아온 손끝의 감각.

그의 헌신에 대한 보상 같은 한순간의 느낌.

김신은 그곳에 매달렸고.

20년이라는 세월과 그의 천재적인 재능은 불가능했던 일을 가능케 했다.

70마일 후반대의 고속 너클볼의 장착을.

빼엉–!

"스트라이크아웃!"

[삼진! 김신 선수! 올해 257안타를 때려 낸 리카르도 베네타 선수를 삼진으로 돌려세웁니다! 과연 보스턴 레드삭스의 절망답습니다!]

[참 신기한 일이죠. 김신 선수가 보스턴 레드삭스를 상대할 때면, 우주의 기운이 함께하는 것 같아요.]

[우주의 기운까지 쓰시나요, 하하.]

63.5마일.

60마일 초반대에 형성되는 저속 너클볼의 장착을.

이제는 김신도 에이스 자리에서 물러나야 한다는 기사가 범람하던 2033년.

그의 평균 자책점이 최초로 4점을 넘보던 2032년의 바로 다음 해.

마치 매가 발톱과 부리를 깨부수고 새로운 생을 시작하는 것처럼.

김신은 다시 태어났다.

그가 준비했던 그대로.

물론 그 두 가지 너클볼만으론 부족했다.

하지만, 김신에게는 30년 가까운 시간 동안 쌓아 올린 다른 무기들이 있었다.

따악-!

[쳤습니다! 먹힌 타구! 유격수 정면! 1루에서…… 아웃입니다! 투아웃! 순조로운 시작을 보이는 김신 선수!]

[방금은 체인지업에 당했습니다. 구사율은 높지 않지만, 요소요소에

사용되는 이 체인지업이 사실 상당히 매서워요.]

[그럴 수밖에요. 원래부터 체인지업은 김신 선수의 주 무기 중 하나였지 않습니까.]

70마일의 느린 서클 체인지업.

빼엉-!

[초구 볼! 이번에는 너클볼이 스트라이크존을 외면합니다!]

그리고 타자가 80마일을 넘지 못하는 구종들에 익숙해졌을 때 날아드는 송곳니.

빼엉-!

"스트라이크!"

[87마일! 김신 선수의 속구가 몸 쪽을 꿰뚫었습니다!]

예전과는 확연히 다른, 전문적인 관리 덕에 아직까지 80마일 중후반에 형성되는 포심 패스트볼.

너클볼 투수로 전향한 지 2년.

초년 차의 어색함과 실수들을 완전히 지워 낸 김신은 또다시 사이 영을 노릴 만한 강력한 컨탠더였다.

긴 시간 리그에 군림했지만 아직 그 자리에서 내려올 생각이 없는 김신의 너클볼이 핀스트라이프들을 격동시켰다.

빼엉-!

"스트라이크아웃!"

[다시 삼진! 2삼진 1유격수 땅볼로 1회 초를 제압합니다!]

[이렇게 긴 세월 한 팀 자체를 천적으로 삼은 투수가 또 있을까요.]

[당연히 없죠. 최초가 가장 잘 어울리는 저 투수가 아니라면요!]

1회 초 삼자범퇴.

이미 게리 산체스가 확신했던 것과 같이, 김신의 가슴속에도 자신이 깃들었다.

'오늘 확실히 컨디션이 남달라.'

아무리 체력 소모가 덜한 너클볼이라지만 이제 만 42세.

162경기를 치르며 너덜너덜해진 그의 체력으론 설명할 수 없는 깨끗한 공이었다.

이제는 익숙해진 왼손 투수용 글러브로 햇빛을 가리며.

92번의 핀스트라이프가 반대편 불펜을 향해 등으로 물었다.

'어디…… 너는 어떠냐.'

그 질문을 받은 남자가 자리에서 일어났다.

[피처, 카를로스 곤잘레스!]

올해만큼은 치욕을 벗어던지고자 하는 보스턴 팬들이 한목소리로 외쳤다.

"믿는다, 곤잘레스!"

"놈에게 은퇴할 때가 됐다는 걸 보여 줘!"

불펜의 그늘 속에서 걸어 나온 그의 특이한 글러브가 전광판에 떠올랐다.

20년 전의 김신이 착용했던 글러브와 똑같은 글러브가.

역사에 한 획을 긋는 선구자의 등장은 필연적으로 수많은 후인을 배출한다.

자유형의 대명사가 된 크롤 영법이 그러하고.

높이뛰기의 패러다임을 바꾼 딕 포스베리의 배면뛰기가 그러하다.

당연하게도, 김신의 스위치피칭 또한 마찬가지였다.

김신이라는 투수의 존재 자체가 스위치피칭의 가능성을 역설했고.

야구 선수를 꿈꾸는 수많은 어린이가 양손으로 공을 던졌다.

지금 관중석에 앉아 경기장을 내려다보는 율리시스 케인도.

마운드에 올라 연습구를 던지는 카를로스 곤잘레스도.

그런 꿈꾸는 소년이었다.

다만 다른 점이 있다면.

'나한테는 재능이 없고, 놈에게는 빛나는 재능이 있었다는 거지.'

율리시스 케인에게는 더블A 리그까지만 허락했던 재능이라는 놈의 총량이.

카를로스 곤잘레스에게는 메이저리그에 우뚝 설 만큼 있었다는 것.

똑같은 선수를 보고 똑같은 꿈을 꾸었지만.

그 작은 차이가 관중석과 마운드라는 극명한 차이를 만들어 냈다.

이젠 할아버지로부터 시즌권을 물려받은 다 커 버린 피터팬.

율리시스 케인이 전광판에 비치는 건방진 녀석의 얼굴에 이를 부득 갈았다.

'킴을 보고 자랐으면서, 스위치피처가 됐으면서…… 보스턴엘 가?'

김신 키즈라 불리는 소년들이 양키스 팬이 되는 건 당연한 수순이었으나.

카를로스 곤잘레스는 달랐다.

좌완 오버핸드와 우완 언더핸드.

100마일을 넘나드는 강력한 포심, 예리한 고속 슬라이더, 낙차 큰 커브, 서클체인지업.

그야말로 김신의 후계자라 할 만한 스킬 셋을 가졌지만.

김신이라는 우상을 넘어서기 위해 보스턴 레드삭스를 택한 투수.

메이저리그에 입성 후 2년간 시행착오를 거치며 점점 과거의 김신에게 가까워지고 있다 평가받는 레드삭스의 희망.

3년 차인 올해, 김신의 가장 강력한 아메리칸리그 사이 영 경쟁자.

그게 바로 보스턴 레드삭스의 에이스, 카를로스 곤잘레스였다.

그를 향해 핀스트라이프들의 불똥 튀는 야유가 쏟아졌다.

"우우우우우-! 감히 누구 앞에서 양손으로 던지는 거냐!"

"네가 그런다고 김신이 되는 줄 알아! 엄마 젖이나 더 먹고 와라!"

하지만 그들의 야유와 달리, 카를로스 곤잘레스의 재능은 진짜였다.

빼엉-!

"스트라이크!"

언젠가 그들의 캡틴이 리그를 호령했던 것과 같은 공에 핀스트라이프들이 속수무책으로 카운트를 헌납했다.

부우웅-!

"스트라이크아웃!"

[스윙 앤 어 미스! 김신 선수와 동일한 2삼진 1땅볼로 1회 말을 마무리하는 카를로스 곤잘레스! 자신의 우상 앞에서 스스로의 역량을 과시합니다!]

살인적인 야유 속에서도 제 역할을 해 낸 3년 차, 카를로스 곤잘레스가 마운드를 내려갔다.

그리고 다음 순간.

"Kim Will Rock You-!"

살인적인 야유를 광기 어린 환호로 바꾸는 남자가 다시 마운드에 올랐다.

빼엉-!

양손 모두 성치 않지만.

그럼에도 양손으로 던지는 투수와 비견되는 남자의 느린 공이 미트에 사뿐하게 틀어박혔다.

빼엉-!

부상 입은 투수의 마지막 희망이 되기도 하는 공이니만큼 당연하겠지만.

너클볼은 많은 장점을 가진 구종이다.

그러나 그에 대한 반작용으로, 너클볼은 또한 많은 단점을 가진 구종이다.

첫 번째는 너클볼 투수를 써먹기 위해선 반드시 전담 포수가 필요하다는 점이다.

대부분의 너클볼 전담 포수는 형편없는 공격력을 가지고 있으므로, 팀 배팅 측면에서 크나큰 손해를 감수해야 한다.

두 번째는 주자가 나갔을 때, 웬만해선 도루를 저지하기 어렵다는 점이다.

애초에 잡기조차 쉽지 않은 데다 평범한 구종에 비해 한없이 느린 너클볼의 특성상 아무리 강력한 어깨를 가진 포수라

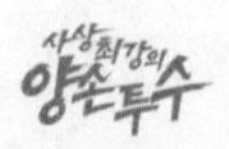

하더라도 타자의 발을 막을 수는 없다.

즉, 한 타자만 출루해도 쉽사리 단타 하나에 점수로 이어질 수 있다는 거다.

그리고 마지막은.

뻐억-!

[히트 바이 피치! 김신 선수가 첫 출루를 히트 바이 피치로 허용합니다!]

투수조차 공의 탄착 지점을 컨트롤할 수 없다는 점.

그것은 아무리 김신이라고 해도 다르지 않았다.

"쯧."

물론 스트라이크와 볼 정도는 거의 구분이 가능했으나 가끔 이렇게 크게 휘어 버리는 공은 그로서도 답이 없었다.

그러나 이러한 치명적인 단점들을 그대로 내버려 뒀다면 김신이 사이 영 컨탠더로 리그에 군림하는 일도.

뉴욕 양키스가 디비전 시리즈에 진출하는 일도 없었을 터.

김신과 뉴욕 양키스에서 제시한 해답은 간단했다.

쐐액-!

[주자 뜁니다-! 아앗! 피치아웃! 피치아웃이었습니다! 2루에서…… 아웃입니다! 시즌 중에 여러 번 선보였던 모습인데, 레드삭스 주루 코치가 또 한 방 먹었습니다!]

하나는 김신 스스로의 역량.

30년 가까이 야구 판에서 굴러 온 투수의 견제와 타이밍

예측이었고.

따악-!

[쳤습니다! 3유간…… 오 마이 갓! 잡아냈습니다! 유격수 페르난도 아레스! 오늘도 페르난도 아레스의 글러브가 양키스 내야를 굳건히 지킵니다!]

하나는 견고한 내야 수비진.

특히 4년 연속 골드글러브를 석권하고 있는 페르난도 아레스와 하르디나 델몬의 키스톤 콤비가 발휘하는 리그 최고의 수비력은 김신을 든든하게 떠받들었다.

"고맙다."

이번 시즌만 따져도 수십 번은 했을 감사를 표하며.

김신이 고개를 정면으로 돌렸다.

'그러고 보면 난 참 행복한 놈이야.'

물론 시대의 흐름 탓도 있었겠지만 그가 너클볼 투수로 전향하겠다고 운을 띄우자마자 너클볼 전담 포수를 데려오는 건 물론이거니와 방망이를 조금 내려놓으면서까지 내야의 수비력을 극한으로 끌어 올린 신임 단장, 빌리 리.

그가 무엇을 지시해도 한 치의 의심 없이 따라 주는 팀원들.

티격태격하면서도 그를 끊임없이 믿어 주는 스승이자 감독, 그렉 매덕스.

김신이 스스로도 컨트롤할 수 없는 공을 던지는 너클볼 투수로의 전향을 호쾌히 결정할 수 있었던 건, 어쩌면 이러한 주변의 끈끈한 도움 덕분이었을지도 몰랐다.

그러니 그들을 위해 김신이 해야 할 일은 간단했다.

"흐읍-!"

홈플레이트 뒤에서 입맛을 다시는 미트를 향해 공을 던지는 것.

쐐액-!

김신이 할 수 있는 일도.

가장 잘하는 일도.

가장 하고 싶은 일도.

언제나 그것뿐이었고.

부우웅-!

김신은 그 분야에서 누구보다 뛰어난 스페셜리스트였다.

[스윙 앤 어 미스! 2회 초를 삼진으로 마무리하는 김신 선수! 히트 바이 피치로 출루를 허용하긴 했습니다만, 멋진 피치아웃과 수비의 도움, 그리고 스스로의 힘으로 삼자범퇴를 만들어 냅니다!]

내려가는 우상의 등을 바라보며.

카를로스 곤잘레스가 속으로 작게 박수를 쳤다.

'역시.'

언제나 그의 존경을 배반하지 않는 우상의 모습이 그의 입가에 미소를 만들어 냈다.

하지만 기뻐 보이는 하관과는 반대로, 그의 눈동자 속에선 숨길 수 없는 거센 불꽃이 타올랐다.

'그래도 이제는 양보하실 때가 된 것 같습니다, 킴.'

디팬딩 챔피언과 그를 닮은 강력한 도전자의 공이 번갈아 양키 스타디움을 울렸다.

빼엉-!

2020년대 말에서 2030년대 초반.

뉴욕 양키스의 색깔은 조금 달라졌다.

아니, 전체적인 메이저리그 야구의 색깔 자체가 달라졌다고 해야 맞는 이야기였다.

견고한 수비, 준수한 불펜, 타율은 떨어져도 장타력은 높은 거포들.

오프너가 만연할 정도로 선발 투수의 이닝 소화력이 극히 떨어진.

점차 고도화돼 가는 데이터 야구와 수비 시프트로 인플레이 타구가 안타가 될 확률이 심히 떨어진 현대 야구의 특성 때문이었다.

뉴욕 양키스의 신임 단장, 빌리 리는 누구보다 그것을 빨리 캐치했고.

전임 단장 캐시먼으로부터 전권을 넘겨받는 즉시 체질 개

선을 시행했다.

그 와중에 김신이 너클볼 투수로 전향한 건 예상외였으나, 어차피 팀의 체질을 바꾸려던 빌리 리에게는 나쁠 것 없는 일이었다.

'김신을 위해서'라고 하면 고개를 끄덕일 사람이 양키스 구단 내부에 널리고 널렸으니까.

하지만 얻은 게 있으면 잃은 것도 있는 법.

사치세가 도입된 이후 돈으로 모든 것을 해결할 수 없는 상황에서.

빌리 리는 자신이 생각하는 팀을 만들기 위해 타격을 '조금' 포기할 수밖에 없었다.

물론 뉴욕 양키스는 지구 우승을 통해 포스트시즌에 직행했고.

그의 선택이 옳다는 건 스스로도 잘 알고 있었지만.

빼엉-!

[카를로스 곤잘레스-! 이번 경기 벌써 9개째 삼진! 4회 말이 종료됩니다! 점수는 여전히 0 : 0! 경기는 절반 가까이 흘렀지만 아직 그 누구도 승부의 균형을 깨뜨리지 못하고 있습니다!]

이런 경기를 볼 때면, 아쉬워지는 건 어쩔 수 없었다.

[예상했던 대로 아메리칸리그 사이 영 경쟁자들 간의 숨 막히는 투수전이 펼쳐지고 있군요. 두 사람의 나이 차이는 두 배 가까이 나지만, 지금 봐선 누가 20대고 누가 40대인지 모르겠습니다.]

데릭 지터, 추신서, 게리 산체스, 조시 도널드슨, 매니 마차도, 호세 아브레유, 애런 저지, 무키 베츠…….

많이도 아니고 1점 혹은 2점.

개인의 역량으로 그 점수를 밥 먹듯이 생산해 냈던 과거의 핀스트라이프들이 빌리 리의 뇌리를 스쳐 지나갔다.

"이대로 가면 좋지 않은데……"

아무리 김신이라고 해도 6개월간의 강행군을 버텨 온 40대의 육체는 곧 한계를 맞이할 게 분명한 일.

그 전에 타선이 힘을 내 주길 바라며.

착–.

빌리 리가 두 손을 모았다.

그러나.

따악–!

5회 초.

기대했던 소리가 다른 쪽에서 먼저 울려 퍼졌다.

⚾

다시 얘기하지만 2034 시즌의 김신은 훌륭한 투수였다.

아무렴 강력한 사이 영 컨탠더 둘 중 하나가 훌륭하지 않다는 건 어불성설이다.

완성 단계에 접어든 그의 너클볼은 수많은 타자를 무릎 꿇렸고.

완숙한 경험을 바탕으로 요소요소에 뿌려지는 포심과 체인지업은 그야말로 승리의 쐐기 역할을 했다.

하지만 아무리 2034시즌의 가장 강력한 사이 영 컨탠더라도.

2010년대 초반의, 야구라는 스포츠 역사상 가장 위대했던 투수보다는 부족했다.

부족할 수밖에 없었다.

그것은 약 2점 가까이 차이 나는 평균 자책점만큼이나 명확했으며.

또한 몇 가지 어쩔 수 없는 사실을 시사했다.

그중 첫 번째가 바로.

쐐액-!

실투였다.

'젠장.'

손끝에서 공이 떠나는 순간부터 알 수 있는 파국의 조짐.

김신의 미간이 찡그려지고.

두 번 이상의 회전을 머금은 배팅 볼이 홈플레이트로 향했다.

'왔다……!'

그 공을 바라보는 보스턴 레드삭스의 9번 타자, 후안 독트리의 손에 거력이 집중됐다.

그리고 후안 독트리는 망설임 없이 그 힘을 풀어 내던졌다.

부우웅-!

후안 독트리의 방망이는 분명 시원찮았다.

수비력이 중요한 화두로 떠오른 2030년대가 아니라 방망이가 더 중요했던 2010년대였다면.

후안 독트리는 메이저와 마이너를 넘나드는 AAA리거가 됐거나, 메이저에 올라왔다 해도 대수비 자원으로 쓰였을 선수였다.

그러나 그렇다 해도 메이저리거는 메이저리거.

마치 홈런더비에서 던져 주는 것과 같은, 80마일도 안 되는 적절한 배팅 볼조차 담장 너머로 넘기지 못하면 기본적으로 별들의 전장에 설 자격 자체가 없었다.

따악-!

5회 초, 노아웃.

후안 독트리가 자신이 메이저리거임을 증명했다.

[우측 담장, 우측 담장, 우측 담장…… 넘어-갑니다! 후안 독트리의 깜짝 솔로 홈런! 보스턴 레드삭스의 2루수가 중요한 경기에서 정말 중요한 선취점을 뽑아냅니다!]

[방금은 실투였죠? 공이 한가운데로 몰렸습니다.]

1-0.

김신을 상대로 언제 잡아 봤는지 기억도 나지 않는 리드에 보스턴 레드삭스 팬들이 술렁였다.

"오, 이번엔 정말 이길 수 있겠는데?"

"이겨야지. 이겨야 하고말고!"

그들의 믿음이 다음 타자로 향했다.

2034시즌 보스턴 레드삭스의 처음을 책임져 왔던 남자에게로.

[리카르도 베네타 선수가 세 번째 타석을 준비합니다.]

리카르도 베네타.

올 시즌 257안타를 때려 낸 절정의 교타자.

그가 자랑하는 매의 눈이 김신의 너클볼을 뒤쫓았다.

빼엉-!

[초구는 볼! 리카르도 베네타 선수가 타석에서 잠시 물러나 타이밍을 가다듬습니다.]

73.9마일.

느렸다.

이번 시즌 단 한 번도 기록한 적이 없는 최저(最低)의 구속이었다.

리카르도 베네타의 뇌리에 저 위대한 투수가 세월에 빼앗긴 두 번째 무기가 떠올랐다.

'그래, 지칠 때도 됐지.'

하루만 자고 일어나면 말짱하게 회복되던 젊음의 활기는 이제 김신에게 없었다.

왼손과 오른손을 번갈아 가며 9이닝을 밥 먹듯 던지던 체력은 이제 흔적조차 남지 않았다.

물론 그만큼 쌓인 관록으로 경기를 풀어 나가긴 하지만, 세상이 관록과 경험만으로 헤쳐 나갈 수 있는 것이었다면 노장들이 왜 사라지겠는가.

6개월의 강행군과 오늘의 터프한 투수전 끝에 저 쓰러질 것 같지 않은 남자가 흔들리고 있었다.

그렇지만.

'올드 맨에겐 언제나 비장의 한 방이 있지.'

리카르도 베네타는 방심하지 않았다.

주머니 속에 수정구를 숨기고 있다는 양키스의 감독이 얌전히 자리에 앉아 있는 이유.

그동안 보스턴 레드삭스가 단 한 번도 뉴욕 양키스를 넘지 못한 까닭.

그건 다 저런 상태에서도 거짓말처럼 위기를 극복하던 저 위대한 투수의 역량이었으니까.

그러므로, 리카르도 베네타는 역설적으로 한 가지 구종을 확신할 수 있었다.

'포심.'

아무도 생각하지 못할 때 허를 찌르는 수.

도망가기보단 한 발 앞으로 나아가 상대를 거꾸러뜨리는 수.

그걸 즐겨 사용하는 게 바로 김신이었으니까.

지난 2년간 김신에게 수없이 당해 본, 그럼으로써 시즌 최다 안타를 눈앞에서 놓쳐야 했던 그가 가장 잘 알고 있었으니까.

[김신 선수, 제2구!]

빼엉-!

"스트라이크!"

리카르도 베네타는 기다렸다.

자신의 역량이라면 적어도 커팅은 해 낼 수 있다는 확고한 자신감이 그의 배트를 억눌렀다.

빼엉-!

[다시 볼! 1-2가 됩니다!]

나풀나풀 날아오는 나비의 날갯짓과 함께 카운트가 쌓여 갔다.

따악-!

자신한 대로 리카르도 베네타의 커팅이 지쳐 있는 김신을 끈질기게 물어뜯었다.

[풀카운트 승부가 이어집니다!]

그리고.

"흐읍-!"

마침내 리카르도 베네타가 상상 속에서 그리던 공이 현실의 햇살을 받았다.

바깥쪽 낮은 코스.

전설적인 투수의 시그니처.

리카르도 베네타가 정확히 80마일 중반의 타이밍으로 방망이를 휘둘렀다.

부우웅-!

그의 전신 세포가 마치 맛을 알고 있는 음식을 보고 군침을 흘리는 것처럼 잠시 뒤에 있을 짜릿한 손맛을 기대했다.

그러나.

"……!"

그의 생각보다 공이 조금.

빼엉-!

빨랐다.

"스트라이크아웃!"

[스윙 앤 어 미스! 리카르도 베네타 선수에게 두 번째 삼진을 선사하는 김신 선수! 리그 최고의 콘택트 툴을 가진 선수를 상대로 2삼진을 거둬 냅니다!]

[하하, 이건 정말 할 말이 없군요. 90마일! 여기서 올 시즌 최고 구속을 기록하다니요.]

[그래서 팬들이 죽고 못 사는 거 아니겠습니까? 위기 때마다 기대했던 그대로를 보여 주는 선수니까요.]

리카르도 베네타가 씁쓸히 배터 박스를 벗어났다.

'지친 건 확실한데……. 지독한 노친네 같으니라고.'

종전 최고 구속이었던 88마일 정도였다면 어찌 대처할 수 있었을 텐데.

여기서 올해 최고 구속을 갱신하리라 어떻게 생각할 수 있단 말인가.

'다음 시즌에도 보겠구먼.'

오늘도 부족함을 절감한 젊은 사자가 고개를 흔들며 더그아웃으로 사라졌다.

그 뒤로.

"휴."

오늘도 왕좌의 주인이 누구인지 과시한 백수의 왕이 안도의 한숨을 내쉬었다.

'다행이야.'

방금 구사한 포심은 김신으로서도 절반쯤은 도박이었다.

제구는 신경 쓰지 않고 온몸의 힘을 때려 박아 던진 공.

대충 바깥쪽으로만 영점을 잡고 던진 '에라 모르겠다' 투구였다.

물론 리카르도 베네타가 스윙하리라는 걸 90% 이상 확신했고.

설령 볼넷으로 1루를 넘겨주더라도 양키스 내야 수비진을 믿고 있기에 던지기는 했지만.

아무리 그래도 도박 수는 도박 수.

실패하면 희생 플라이만으로도 점수를 내줘야 하는 최악

의 상황이 도래할 수도 있었다.

그러나 김신은 성공했고.

그 보상으로 강력한 쾌감을 선물받았다.

'기세를 탔다.'

수도 없이 도박에서 승리해 온 최고의 도박사는 알고 있었다.

그 강력한 쾌감이 선사하는 자그마한 활력이.

잠시나마 그를 조금 더 움직일 수 있게 하리라는 걸.

그가 휴식을 취할 때가 아직은 조금 더 남았다는 걸.

'아직은 아니야!'

기회를 놓치지 않는 사냥꾼의 화살이 홈플레이트로 날았다.

뻐엉–!

"스트라이크!"

따악–!

[유격수 정면! 페르난도 아레스, 가볍게 잡아서 1루로…… 아웃입니다! 스리아웃! 보스턴 레드삭스의 5회 초 공격이 종료됩니다! 하지만 후안 독트리 선수의 솔로 홈런으로 마침내 1 : 0! 보스턴 레드삭스가 리드를 잡았습니다!]

[아주 중요한 선취점이었죠. 과연 뉴욕 양키스가 5회 말에 이를 설욕할 수 있을지 기대가 됩니다.]

1-0.

결국 보스턴 레드삭스는 5회 초 더 이상의 득점에 실패했다.

그러나 보스턴 레드삭스 팬들의 표정은 여전히 밝았다.

"1점이면 충분하지."

"암, 그렇고말고."

오늘 그들의 선발투수는 지금 마운드에서 내려가는 저 지긋지긋한 남자가 한때 그랬던 것처럼, 1점만으로 경기를 끝낼 수 있는 투수였으니까.

그러나 그런 보스턴 레드삭스 팬들의 생각을 한 노인이 비웃었다.

'저 애송이가 포스트 김신이라고? 개소리도 그런 개소리가 없군.'

그렉 매덕스.

김신의 전성기가 어떠했는지 누구보다 잘 알고 있는 양키스의 선장.

안다고 하지만 영상과 기록으로만 그 당시의 김신을 보고 배운 애송이들은 모른다.

그 당시의 김신이 어떤 투수였다는 걸.

카를로스 곤잘레스라는 젊은 놈은 간신히 그 발가락만 부여잡고 있다는 걸.

오늘 그라운드의 흙바닥에 설 수 있는 남자들 중 그 차이를 알고 있는 사람은 딱 한 명.

이제는 아수조의 최고령이 된 양키스의 6번 타자뿐.

그렉 매덕스의 시선이 대기 타석으로 나갈 준비를 하는 그 사내를 훑었다.

'이제 밥값 좀 해라.'

우연히도 그 눈빛을 마주한 베테랑이 슬쩍 고개를 숙였다.

'안 그래도 그럴 겁니다.'

빌리 리가 떠올렸던 영광의 선수들 중 유일하게 남아 있는 멤버가 발걸음을 옮겼다.

인간의 뇌는 부정(否定)을 모른다.

개념은 알지라도 부정을 실행하지는 못한다.

실험은 간단하다.

코끼리를 생각하지 마세요.

이 어구를 보고 코끼리를 찰나라도 떠올리지 않는 사람은 없다.

코끼리를 아예 모르는 사람이 아니라면.

인간의 뇌 자체가 그런 식으로 프로그래밍돼 있다.

어쩌면 성경의 첫 부분이 이브가 금단의 과실을 취하는 내용인 것도.

'테라스에서 낚시하지 마시오.'라는 경고문이 오히려 낚시를 부추겼다는 어떤 여관의 일화도.

다 같은 맥락일지도 모른다.

그러므로 코끼리를 생각하지 않게 만들기 위해선 역설적으로 이렇게 말해야 한다.

토끼를 생각하세요.

……라고.

언제인지는 기억도 나지 않는 어린 시절.

우연히 너튜브의 신비한 알고리즘으로 보게 된 한 영상에서 확인한 이 진리가 카를로스 곤잘레스라는 어린이를 바꾸었다.

그리고 2017년.

정확히 초등학교 2학년 때.

—……왜 그런 선택을 하셨는지요?

9회 말 투아웃, 2-1.

1루와 3루에 동점과 역전 주자가 나가 있는 상황에서.

말도 안 되는 선택으로 스리 핏을 달성해 낸 투수의 한마디가 카를로스 곤잘레스의 길을 결정했다.

-글쎄요. 그걸 던져야 한다는 생각밖에 안 했습니다. 맞는다는 건 생각 안 한 거 같아요.

이퓨스.

50마일짜리 배팅 볼로 월드시리즈 우승을 이끈 사나이.

'김신…….'

어린 카를로스 곤잘레스의 좌우명과 꼭 닮은 그 말에 전율이 일었다.

화면에 비치는 사나이의 자신감 넘치는 미소가 뇌리에 박혀 들었다.

그 순간부터, 카를로스 곤잘레스는 자신도 모르게 김신의 지난 세월을 탐독했다.

일목요연하게 정리돼 있는 수많은 팬의 자료가 그를 도왔다.

무결점 시즌을 만들어 낸 무결점 투수.

메이저리그 최초의 스위치 피처.

21세기 최고의 투수.

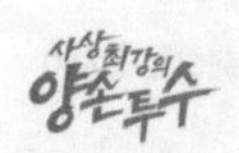

다시는 야구사에 등장하지 않을 천재 중의 천재.
명예의 전당을 예약한 남자.
현역 최고.
카를로스 곤잘레스는 생각했다.
저 남자처럼 되고 싶다고.
그래서 시작했다.
그의 미소와 같은 웃음을 입가에 걸었고.
그의 양손 피칭을 빼다 박은 스위치피처가 되었다.
그의 구종을 따라 배웠으며.
그의 멘탈과 경기 운영을 본받고자 했다.

-그러면 안 돼!
-그렇게 해서는 성공할 수 없다.
-김신은 김신이니까 되는 거야.

수많은 만류가 뒤따랐으나.
카를로스 곤잘레스는 그 모든 부정을 부정해 왔다.
그럼으로써 지금.
이 자리에 설 수 있었다.
[5회 말, 뉴욕 양키스의 공격이 5번 타자 에이저 크라운부터 시작되겠습니다.]
카를로스 곤잘레스가 감사를 표했다.

아직도 현역 최고라는 타이틀을 굳세게 부여잡고 있는 그의 우상에게.

비록 찰나만이라도 우상의 눈앞에서 그를 뛰어넘을 수 있는 기회를 준 팀 동료 후안 독트리에게.

이런 순간을 허락해 준 하늘에게.

다음 순간.

잠시 감았던 눈을 뜬 카를로스 곤잘레스가 왼팔을 휘둘렀다.

"하앗-!"

볼넷도, 안타도, 홈런도.

생각조차 하지 않는 투수의 공이 홈플레이트를 관통했다.

빠엉-!

김신이 가장 즐겨 사용했던 바깥쪽 낮은 코스.

100마일이었다.

"스트라이크!"

당연하다는 듯 들려오는 스트라이크 콜에 카를로스 곤잘레스가 씨익 웃었다.

김신의 것과 흡사한 웃음이었다.

하지만.

'글쎄.'

대기 타석에서 그 모습을 지켜보던 남자는 카를로스 곤잘레스의 생각을 부정했다.

'캡틴은 저렇지 않았어.'

카를로스 곤잘레스는 분명 훌륭한 투수다.

어쩌면 시간이 지날수록 더욱 훌륭해질지도 모른다.

또한 그는 명백히 김신을 닮았다.

좌완 오버핸드와 우완 언더핸드의 스위치 피칭.

전성기적 김신의 것과 꼭 같은 스킬 셋.

하지만 그래서 카를로스 곤잘레스가 김신과 같은 위대한 투수가 될 수 있냐고 묻는다면.

그는 아마 이렇게 답하리라.

'글쎄. 가능성이야 있겠지만…… 난 부정적인데?'

5회 말.

뉴욕 양키스의 6번 타자가 자신의 확신을 재확인했다.

빠억-!

[히트 바이 피치! 여기서 히트 바이 피치 볼이 나옵니다! 1루를 밟는 에이저 크라운! 오늘 경기 양키스의 두 번째 출루입니다.]

[5회 말에 두 번째 출루. 그야말로 숨 쉴 틈 없이 틀어막히고 있군요.]

[그렇습니다. 하지만! 이 타자라면 한순간에 경기를 뒤집을지도 모릅니다!]

이런 상황에서 히트 바이 피치?

전성기적 캡틴이 어디 그런 걸 허락이나 할 사람이었는가 말이다.

그리고 설령 백 번 중의 한 번 허용했다손 치더라도.

저 표정.

같은 무표정이지만 캡틴은 저렇게 뭔가를 억누르지 않았다.

마운드의 캡틴은 정말로, 털끝조차 흔들리지 않았었다.

'모방이 아무리 창조의 어머니라지만.'

양키스의 최고령 야수가 타석으로 걸음을 옮겼다.

'결코 원본을 뛰어넘을 수는 없는 법이지.'

핀스트라이프들과 해설진의 비명 같은 외침이 그를 환영했다.

[코디 벨린저! 영광의 시대를 살았던 양키스의 레전드가 타석에 들어섭니다!]

"벨린저라면 믿을 수 있지."

"그럼! 이럴 때 한 방을 쳐 주는 남자라고!"

코디 벨린저.

2019년과 2025년, 2026년.

세 번의 MVP를 석권한 노장이 방망이를 치켜세웠다.

만 38세의 타자를 향해 만 23세의 투수가 공을 던졌다.

[카를로스 곤잘레스, 초구!]

빼엉-!

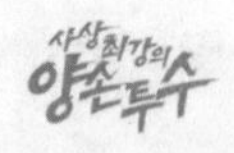

"스트라이크!"

초구는 100마일의 바깥쪽 포심 패스트볼.

늙어 버린 타자의 약점을 정직하게 찔러 오는 공.

코디 벨린저가 한탄했다.

'세월이 야속하구먼.'

추신서, 브렛 가드너, 호세 아브레유, 게리 산체스, 조시 도널드슨, 매니 마차도, 애런 저지, 무키 베츠.

그와 함께 그라운드를 누볐던 영광의 이름들이 말년에 입을 모아 전했던 말.

-나이 들면 그냥 냅다 때려 박는 강속구가 제일 어려워.

그들보다는 어리지만, 이제는 야구 선수로서 여든을 넘긴 코디 벨린저에게도 어느덧 그 시간이 찾아와 있었다.

그러나 과연 그런 전설적인 선수들이 속수무책으로 당하기만 했을까?

-코비, 크게 스윙해야 해. 땅볼이든 플라이든 삼진이든 그냥 에라 모르겠다는 식으로 크게 스윙해야 투수도 쫀다니까?

-코비, 배트를 짧게 잡아. 그 나이쯤 되면 맞추기만 해도 괜찮아.

—코비, 예측하는 거야. 어차피 못 치는 거, 여기로 오겠다 싶은 코스로 그냥 휘둘러 버려. 제대로 걸리면 무조건 홈런이잖아.

나이 차이도 얼마 나지 않으면서 한참 선배처럼 진지한 표정으로 그에게 조언하던 몇몇의 얼굴을 떠올리며.

코디 벨린저가 웃었다.

'선배들 덕에 제가 여기까지 하는지도 모르겠습니다.'

이제는 그들보다 더 많은 경력을 쌓은 베테랑이 짧게 잡은 배트를 당당하게 곧추세웠다.

이제는 일반인으로 돌아간 선배들의 가호가 그를 감쌌다.

'캡틴이라면 여기서 절대로 빼지 않았겠지. 적어도 한 번은 더 포심을 찔렀을 거야.'

제2구.

쐐액—!

배트를 짧게 잡고 있던 코디 벨린저의 손이 미끄러지고.

'하지만 넌 캡틴이 아니지.'

노브 끝을 잡은 그의 팔이 움트는 힘을 토해 냈다.

김신이라면 고르지 않았을 선택지가 코디 벨린저의 방망이 앞에 그림처럼 나타났다.

따아아아악—!

[쳤습니다! 큽니다! 우익수 뒤로! 우익수 뒤로! 우익수 뒤로! 잡지……

못합니다! 넘어갔습니다! 코디 벨린저의 투런 홈런! 양키스가 경기를 뒤집습니다!]

[슬라이더가 제대로 걸렸습니다! 양키스의 짧은 우측 담장이 그들의 레전드를 환영하네요!]

좌타자 저승사자라는 이명을 물려받은 바깥쪽 슬라이더.

그러나 아직 죽지 않은 남자, 코디 벨린저를 저승으로 데려가기엔 무리였다.

"우와아아아아-!"

"코비! 코비! 코비! 코비! 코비!"

익숙한 핀스트라이프들의 환호성을 받으며.

코디 벨린저가 그라운드를 돌았다.

번쩍 치켜올린 그의 팔과는 반대로.

그의 눈이 더그아웃을 훔쳤다.

'이제 됐습니까?'

그리고 마침내 더그아웃에 들어왔을 때.

그에게 최고의 포상이 떨어졌다.

"잘했다."

"에이, 제가 이 정도는 해야죠, 캡틴."

코디 벨린저가 크게 웃었다.

2-1.

보스턴 레드삭스 팬들이 머리를 쥐어뜯었다.

"또야?"

위대하다는 칭호에는 이견이 있을지라도.

이번 시즌 카를로스 곤잘레스가 훌륭한 투수였다는 것만은 틀림없는 사실.

빼엉-!

"스트라이크아웃!"

[삼진! 카를로스 곤잘레스 선수가 이번 경기 10번째 삼진으로 5회 말을 마무리합니다! 하지만 점수는 2-1! 코디 벨린저 선수의 투런 홈런으로 뉴욕 양키스가 역전을 해냈습니다!]

과거를 금세 떨쳐 버린 카를로스 곤잘레스의 역투에 뉴욕 양키스의 기회는 끊어졌다.

그러나 10분 전 보스턴 레드삭스 팬들이 그러했던 것처럼.

"충분하지."

"아암, 충분하고말고."

핀스트라이프들 또한 흡족하게 고개를 끄덕였다.

그들의 투수는 무려 김신.

1점 차 리드를 지키기엔 더할 나위 없이 완벽한 투수였으니까.

"Kim Will Rock You-!"

팬들의 응원 속에 출전을 준비하며.

김신이 문득 시야에 비치는 반대편 더그아웃을 잠시간 응시했다.

'날 뛰어넘고 싶다고 했던가.'

카를로스 곤잘레스.

분명히 그는 훌륭한 선수다.

그런 젊은이가 자신을 닮은 끝에 결국 뛰어넘고 싶다는 건 기꺼운 일이다.

하지만 그러기 위해선 보스턴 레드삭스에 갔으면 안 됐다.

'관찰은 바로 옆에서 해야만 하는 거지.'

김신이 잘못돼도 단단히 잘못된 카를로스 곤잘레스의 인터뷰 내용을 떠올렸다.

부정적인 생각을 하지 않고 던진다?

물론 말은 좋지만 투수는 그러면 안 됐다.

홀로 아홉 명을 상대하며, 팀의 수비를 책임져야 할 투수는 그러면 안 됐다.

지피지기면 백전불태.

자신을 알기 위해선 자신의 부정적인 면도 제대로 보아야 하지 않겠는가.

자신의 선택이 야기할 결과를 분석해 보지 않고 어찌 팀을 어깨 위에 올려 둘 수 있단 말인가.

'양키스에 왔다면 친절히 알려 줬을 텐데 말이야.'

물론 그가 무조건 옳다고는 생각하지 않았다.

그러나 김신은 적어도 스스로가 틀리지는 않다고 생각했다.

아니, 확신했다.

극복이란 두려움을 직접 마주하고도 진정한 용기를 발휘할 수 있는 사람만이 논할 수 있고.

스스로를 극복해 내야만 진정으로 흔들리지 않는 에이스가 될 수 있다고.

이미 수많은 자신을 극복한 남자가 공을 던졌다.

빠엉—!

그 누구도 컨트롤할 수 없는 마구가 그의 손 아래 굴복했다.

"스트라이크!"

75.1마일.

잠깐의 휴식으로 재정비를 해낸 우상을 카를로스 곤잘레스의 눈동자가 쫓았다.

빠엉—!

너클볼, 너클볼, 그리고 너클볼.

그 끝에서.

"……!"

카를로스 곤잘레스의 눈이 찢어질 듯 커졌다.

"스트라이크아웃!"

[이퓨스! 여기서 이퓨스로 삼진을 이끌어 내는 김신 선수! 포스트 시즌에서 이퓨스가 나옵니다! 이게 얼마 만이죠?]

[저도 정확히는 모르겠지만 아마 2017년 월드시리즈의 그 충격 이후 처음인 것 같습니다!]

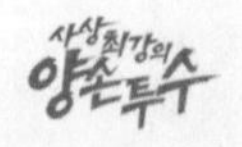

6회 초 2아웃.

환상적인 삼진을 잡아냈음에도, 자신의 상태를 냉철히 판단한 김신이 미련 없이 마운드를 내려갔다.

'여기까지.'

이제는 더 이상 9이닝을 책임지기 어렵다는.

스스로의 약점까지 흔쾌히 인정해 버린 투수가 사라졌다.

그리고.

빠엉—!

그의 부름을 받은 해결책이.

그의 가르침을 받은, 그의 승리와 전통을 이어받고자 하는 남자들의 공이 연신 미트를 꿰뚫었다.

빠엉—!

〈17년 만에 다시 등장한 이퓨스! 악연이 계속되다!〉

〈뉴욕 양키스, 디비전 시리즈 1차전 제압! 끝나지 않는 보스턴 레드삭스의 잔혹사!〉

김신金信

김신과 카를로스 곤잘레스라는 에이스 빅뱅이 일어났던 디비전 시리즈 1차전이 뉴욕 양키스의 신승으로 끝나고.

이후 펼쳐진 2, 3차전에서 보스턴 레드삭스는 이렇다 할 반전을 이끌어 내지 못하고 뉴욕 양키스에 압살당했다.

빼엉-!

[경기 끝났습니다-! 아시모프 밀러! 디비전 시리즈에서만 세 개의 세이브를 거두며 양키스의 뒷문을 단단히 지킵니다!]

싱커를 던지는 마리아노 리베라라 불리는 뉴욕 양키스의 특급 마무리, 아시모프 밀러가 세 번의 세이브를 기록하며 3-0.

빌리 리와 김신, 그렉 매덕스가 합작해 세운 새로운 악의 제국에 팬들은 혀를 내둘렀다.

—진짜 투수진은 올 타임 넘버원이다. 리드 잡으면 넘겨주질 않네.

—그렉 매덕스가 감독이고 김신이 주장인데 당연한 일이지 ㅋㅋㅋㅋㅋ

야구는 투수 놀음이라는 말을 가장 완벽하게 재현한, 김신과 그렉 매덕스의 튜터링을 받은 철벽같은 투수진.

빌리 리의 철학이 담긴 그물 같은 수비진과 방대한 자료 분석에서 나오는 완벽한 시프트.

거기서 나오는 저력으로 메이저리그 역사상 가장 적은 실점을 기록하며 지구 우승을 이뤄 낸 팀, 뉴욕 양키스.

그들의 진가가 페넌트레이스에서뿐 아니라 단기전에서도 발휘되고 있었다.

따악—!

[쳤습니다만…… 1, 2루간 걸립니다! 하르디나 델몬! 1루 토스! 아웃입니다! 양키스의 수비망이 뚫릴 기미를 보이지 않습니다!]

LA 에인절스와 겨룬 챔피언십 시리즈까지 4—0.

1, 2점 차 승리로 도배된 극한의 효율.

〈뉴욕 양키스의 두 번째 영광이 시작되나?〉

〈정반대의 모습으로 왕조를 건설해 가고 있는 뉴욕 양키스!〉

매일 계속되는 쫄깃한 승리와 10년 만에 재현될 기미가 보이는 영광의 전조에 핀스트라이프들이 달아올랐다.

—아암, 상대 팀보다 1점만 앞서면 되는 거 맞지 ㅋㅋㅋㅋㅋㅋ

—홈런 뻥뻥 치는 것도 좋지만 이것도 나쁘지 않네.

—나쁘지 않아? 이보다 좋을 수가 없는 거 아니고?

4년 전의 대규모 세대 교체 이후 현재의 양키스를 이끌고 있는 건 대부분 서비스 타임이 3년 이상은 남은 젊은 선수들.

올해의 트로피도 트로피지만 미래가 기대되지 않을 수 없었던 것이다.

하지만 그들에게도 걱정거리는 있었다.

—킴이 과연 언제까지 해 줄까……? 이제 만 42세잖아. 점점 힘에 부치는 게 눈에 보이는데…….

20년 넘는 세월 동안 양키스를 완벽 그 이상으로 통치해 온 왕.

앞으로도 핀스트라이프들을 지휘해 줘야 할 지배자의 안

위였다.

—힘에 부치긴 뭘 부쳐! 올해도 사이 영 딸 거 같은데 무슨 개소리임?

ㄴㅇㅈ. 너클볼 완전히 정착돼서 40대 후반까지는 충분히 던질 수 있음.

물론 1루 커버를 갈 수 없을 때까지 선수로서 그라운드에 설 수 있게 해 주는 너클볼러가 되었지만.

—선수 생활은 아직 좀 더 할 수 있겠지. 하지만 언제까지 1선발로 있을 수 있을까……? 2년? 3년? 하락세인 건 확실하잖아. 에이스 아닌 김신이 나부터도 상상이 안 되는데……. 본인은 받아들일까?

—저 정도 나이면 당장 내일이 다르고 모레가 다름. 1년 뒤는 말할 것도 없고. 지금도 가을 되면 6회 이상 던지기 힘들어하잖아. 슬프긴 하지만…… 머지않았다고 본다.

ㄴ지랄 마. 우리 캡틴은 아직 10년은 더 짱짱해.

ㄴ나도 그랬으면 좋겠는데 망상은 망상이고, 현실은 현실이지…….

상상도 하기 싫은 김신의 은퇴를 고려할 때가 됐음을.

모든 핀스트라이프가 깨닫고 있었다.

“그만! 그만! 아프다니까!”

“그러니까 내가 무리하지 말라고 했잖아. 왜 주치의 말을 안 듣는 거야?”

“그거야…….”

“언제 철들래? 애가 벌써 스물이 넘었다!”

“어쩔 수 없었어. 알잖아. 감이 딱 왔었다고.”

“어휴……. 똑바로 누워 봐.”

“옙! 10년만 더 던지게 해 주십쇼!”

“알았으니까 가만있어!”

한 가족을 제외하고.

“나도 얼른 독립해서 편하게 마사지 받아야지, 원.”

고스란히 들려오는 부모님의 애정 행각(?)에 그들의 아들, 김건이 고개를 저었다.

세상 사람들은 아직 모르겠지만.

그의 아버지는 전혀 은퇴할 생각이 없었다.

1선발? 에이스?

그게 무슨 상관이냐는 게 그의 아버지, 김신의 생각이었다.

팔이 올라가지 않을 때까지, 구단에서 허락하는 마지막 순간까지 뉴욕 양키스의 마운드에 서고자 하는 남자.

그게 김신이었으니까.

즉, 핀스트라이프들에겐 아직 시간이 많이 남았다는 소리다.

하지만 핀스트라이프가 아닌 김건에게는 시간이 별로 없었다.

"내일만 어떻게 하면……."

내일 있을 중요한 계단을 넘기 위해.

김건의 눈이 서서히 감겼다.

[파이팅! 내가 응원하고 있을게, 오빠!]

잠든 그의 옆에서 밝게 빛나는 스마트폰이 비밀 연애 중인 연인의 이름을 출력했다.

[벨라]

몇 시간 전, 김건을 마사지해 줬던 사람의 이름을.

다음 날.

뉴욕 양키스의 4-0 완승으로 일찌감치 끝난 아메리칸리그 챔피언십 시리즈와 달리.

양 팀이 3 : 3으로 치열하게 맞붙고 있는 내셔널리그 챔피언십 시리즈의 마지막 7차전이 열렸다.

[웰컴 투 메이저리그! 월드 시리즈에서 뉴욕 양키스를 상대할 한 팀을 가리는 내셔널리그 챔피언십 시리즈 7차전이 곧 시작합니다!]

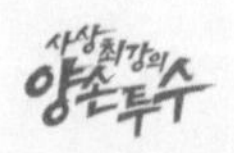

주인공은 바로 LA 다저스와 뉴욕 메츠.

야구팬들은 이 경기를 창과 방패의 대결이라 논했다.

“아무래도 다저스가 잡을 것 같지 않아? 오늘 카이센 빅토르가 선발이잖아.”

올해 내셔널리그 사이 영이 유력한 에이스 카이센 빅토르를 필두로 뉴욕 양키스처럼 시대의 흐름에 맞춰 철벽같은 투수진을 운용하기로 이름 높은 방패, LA 다저스.

“아니지. 메츠 방망이가 평범한 방망이냐? 1차전에서 카이센 빅토르도 무너졌었다고. 저 친구 옛날…… 그 누구야? 맞다, 커쇼! 그 친구처럼 가을엔 젬병이잖아!”

작년 와일드카드의 돌풍을 일으키며 월드 시리즈를 제패했으며.

올해도 양대 리그 팀 배팅 1순위를 공고히 하고 있는 타격의 팀.

창, 뉴욕 메츠.

[먼저 공격을 펼칠 LA 다저스의 라인업부터 소개해 올리겠습니다. 1번 타자……]

집에서 그 경기를 지켜보던 데릭 지터가 거칠게 맥주잔을 내려놓았다.

타악-!

“엿 같은 메츠 자식들.”

그뿐만 아니라 모든 핀스트라이프가 동의하겠지만.

저 빌어먹을 메츠 놈들이 훔쳐 간 뉴욕 양키스의 찬란한 미래가 속을 쓰리게 했다.

심지어.

“계속 그러실 거면 들어가서 보세요. 경기 중계가 안 들리잖아요.”

아빠, 아빠 하며 안겨 들던 때가 엊그제 같은데 이제는 그를 타박해 오는 딸의 반응이 데릭 지터를 더욱 울적하게 했다.

“알았다…….”

누굴 탓하랴.

데릭 지터는 씁쓸함을 숨기며 조용히 맥주를 홀짝였다.

그러나 이어지는 상황은 그의 속을 더욱 쓰리게 만들었다.

뻐엉-!

[스트라이크아웃! 1회 초가 삼자범퇴로 마무리됩니다!]

LA 다저스의 1회 초 공격이 소득 없이 끝난 뒤.

1회 말.

따악-!

[쳤습니다! 3유간을 관통하는 타구! 주자 1루 돌아 2루로! 2루에서…… 세이프입니다!]

뻐엉-!

[베이스 온 볼스! 비어 있는 1루가 채워집니다!]

[이거…… 심상치 않은데요. 리그 최고의 강타자 앞에 맛있는 밥상이

차려졌어요!]

사이 영 수상 예정자라는 카이센 빅토르의 연이은 흔들림 이후.

그가 누구보다 잘 아는 익숙한 청년이 타석에 섰다.

[긴장되는 순간, 카이센 빅토르 초구……!]

따아아아악―!

[큽니다! 엄청난 타구! 좌측! 좌측!]

[홈런이네요. 넘어갔습니다.]

[넘어―갑니다! 스리런! 1회 초부터 뉴욕 메츠의 무자비한 총(Gun)이 LA 다저스를 침몰시킵니다!]

지터가(家)가 여성의 새된 환호성으로 가득 찼다.

"꺄아아악―! 오빠―!"

그 외침에 제대로 된 표현도 못하고 입을 다물 수밖에 없었던 가장이 뇌까렸다.

'미친놈아, 도대체 왜 일이 이 지경이 되도록 내버려 둔 거냐…….'

브라운관에 비치는 리그 최고의 강타자.

작년 뉴욕 메츠의 깜짝 우승을 이끌었으며, MVP를 수상하며 핀스트라이프들을 모두 탄식하게 했던 남자의 이름은.

[김건―! 뉴욕의 왕자가 오늘도 화려한 축포를 쏘아 올립니다!]

김건.

김신의 아들이었다.

따아악—!

데릭 지터와 그의 딸, 벨라 지터. 부녀(父女)의 눈앞에서.

[넘어갑니다! 연타석 홈런—! 대단합니다, 김건! 시티 필드가 관중들의 환호성으로 진동합니다—!]

부자(父子)의 대결이 성사됐다.

〈내셔널리그 챔피언십 시리즈는 뉴욕 메츠의 손에! 2034 월드 시리즈는 서브웨이 시리즈!〉

〈뉴욕 양키스 VS 뉴욕 메츠! 부자간의 대결 임박!〉

2034년 10월 28일.

이제는 한기가 느껴지는 늦가을의 아침.

자리에서 일어난 김신은 버릇처럼 자신의 컨디션을 관조했다.

"……."

산뜻한 바람 사이로 느껴지는 기분 좋은 근육의 꿈틀거림.

챔피언십 시리즈 스윕으로 주어진 휴식과 며칠 동안 캐서린으로부터 받은 사랑의 마사지가 효과가 있었는지, 축축 처지는 게 당연한 40대의 육체가 오늘은 괜찮다고 소리쳐 왔다.

그러나 그의 육체가 예전과 달리 종종 거짓말을 일삼는다는 걸 잘 아는 김신은 조용히 그 외침을 한 귀로 흘리며 천천히 스트레칭을 시작했다.

발끝, 손끝, 다리, 팔, 몸통, 목까지.

꼼꼼히 확인한 후, 마침내 김신이 결론을 내렸다.

'좋군.'

뉴욕 양키스에게는 환희를.

뉴욕 메츠에게는 탄식을 선사하는 결론이었다.

기분 좋은 미소와 함께, 김신이 발걸음을 옮겼다.

이제는 익숙해진 포스트 시즌의 루틴에 따라.

저벅- 저벅-.

환히 열린 방, 그 안에 가득 찬 트로피와 기사가 그를 반겼다.

디비전 시리즈, 챔피언십 시리즈 1차전 날 아침에 그랬던 것처럼 그의 시선이 트로피와 상들, 반지들을 거쳐 벽면을 훑었다.

벽을 빙 둘러가며 전시돼 있는 수많은 기사.

오른쪽으로 몸을 돌려 가며 그것들을 확인하던 김신의 눈길이 마지막에 닿았다.

〈뉴욕 양키스의 두 번째 영광이 시작되나?〉

바쁜 와중에도 그를 위해 신문 기사를 스크랩해 둔 캐서린의 손길이 그곳에 있었다.

스마트 시대에 종이 신문 스크랩이 웬 말이냐며 불평하면서도, 늦지 않게 액자까지 준비해 걸어 두었을 아내를 생각하며 푸근한 미소를 짓던 김신의 시선이 그 옆으로 향했다.

그곳에는, 빈 공간이 있었다.

"아직 많이 남았네."

10년분의 기사 정도는 더 들어가기에 충분하고도 남는, 넓은 공간이.

그곳을 뚫어져라 응시하던 김신이 발걸음을 돌렸다.

남은 10년을 위해, 오늘의 승리를 수확하러 갈 시간이었다.

익숙한 목소리가 그를 환영했다.

"준비됐어?"

그의 장비를 다소곳이 들고 서 있는 여자, 캐서린 김.

김신이 그녀가 건네는 가방을 받아 들었다.

"건이는?"

"당연히 나갔지. 1시간 전쯤에 후다닥 가더라고."

가을쯤 되면 얼굴도 보기 어려운 자식을 생각하던 김신이 툭 뱉었다.

"누구 응원할 거야?"

"당연히 자기지, 뭘 물어?"

씨익-!

기다렸던 대답에 김신의 입가에 미소가 차올랐다.

"반항하는 아들놈 회초리 좀 때리고 올게."

2034년 10월 28일 오전 11시.

MBS SPORTS+의 기자 이도일은 평범한 기자는 출입할 수 없는 시티 필드 내부에 들어와 있었다.

오로지 자신을 위해 준비된 작은 방에서 인터뷰를 준비하던 이도일이 문득 스스로를 칭찬했다.

'잘했다, 고등학생 때의 나.'

다른 기자들이 부러워 마지않는 이런 특권은 바로 그의 특별한 인맥 덕분이었으니까.

이도일과는 고등학교 동창이자, 이제는 어떤 수식어를 붙여야 할지도 모르겠는 대한민국과 메이저리그의 전설.

바로 김신이었다.

지금 있는 방보다도 작은 원룸에서 김신의 경기를 보며 감탄하던 게 엊그제 같은데, 이역만리의 땅에서 그 선수와 막역지우가 될 줄이야.

셀 수 없을 만큼 그와 만났지만, 이도일은 여전히 얼떨떨했다.

'날 기억하고 있을 줄은 몰랐지.'

기자가 된 이후 처음 만난 인터뷰 자리.

놀랍게도 김신은 그를 정확하게 기억하고 있었다.

심지어 그의 이름과 반, 몇 가지 특징까지.

그때부터 시작된 인연이 지금까지 이어 내려와.

이제 이도일은 MBS SPORTS+에 없어서는 안 될, 메이저리그 전문 기자가 되어 있었다.

'전생에 나라까진 아니어도 도시 정도는 구했나 보다.'

이도일로서는 이해하기 어려운 일이었지만.

사실 김신에게는 당연한 처사였다.

지난 생, 김신이 미국 여행을 가게 된 것도.

그곳에서 트라이아웃에 참가하게 된 것도 모두 메이저리그 담당 기자였던 친구, 이도일의 제안 덕분이었으니까.

과거의 지기(知己)가 또다시 기자가 될 것을 확신하고 있던 김신으로서는 준비된 만남을 치르고, 인연을 이어 나갔을 뿐.

그가 딱히 전생에 도시를 구한 건 아니었다.

그러나 그 사실을 알 리 없는 이도일이 이해할 수 없는 행운에 다시 한번 감사하고 있을 무렵.

마침내 기다리던 인물이 문을 열고 들어왔다.

"일찍 오셨네요, 삼촌."

그의 이름은 바로 김건.

김신과의 인연으로 오늘 인터뷰를 하게 된, 현시대 가장 핫한 스타였다.

"오랜만이다, 건아."

인사를 받은 이도일이 김건을 바라봤다.

'하여간 난놈이야.'

아버지를 닮은 큰 키와 딱 벌어진 체격.

어머니를 닮은 곱상한 얼굴.

그야말로 훈훈한 미남이 그곳에 서 있었다.

그뿐인가?

김신의 육체적 재능을 이어받은 김건은 현시대 최고의 타자이자 마이크 트라웃의 뒤를 잇는 불세출의 5툴 플레이어로 이름 높았고.

어렸을 때부터 친하게 지낸 데릭 지터의 영향인지, 밥 먹듯 염문설을 뿌리는, 뉴욕에서 가장 핫한 플레이보이로도 유명했다.

이미 광고며 시트콤이며 영화 카메오며 다방면으로 날아다니는, 그야말로 엄청난 스타성을 가진 셀럽 그 자체.

야구에 한정했을 땐 아버지인 김신을 뛰어넘기 어렵겠지만, 다른 모든 부분을 합산했을 땐 어쩌면 더한 영향력을 발휘할 수도 있는 차세대 스타.

그게 바로 김건이었다.

'스캔들 상대 중 하나가 지터 씨의 딸이라는 게 아이러니

하긴 하지만.'

어렸을 때부터 친한 사이라고, 벨라 지터와의 스캔들 해명 기사를 써 줬던 기억에 이도일이 잠시 웃음 지을 찰나.

"시작할까요?"

이도일은 물론 부모님께도 말하지 않은 비밀을 가진 남자, 김건이 자세를 잡았다.

그에 이도일은 가장 먼저 기자 신분을 떠나 조카를 걱정하는 삼촌으로서 입을 열었다.

"경기에 영향 갈 것 같으면 지금이라도 그만해도 돼. 괜찮겠어?"

경기 직전 어떤 외부 활동도 하지 않는 김신과 같이, 그의 아들인 김건도 경기 직전에는 일절 인터뷰 같은 걸 하지 않았었다.

물론 이도일로서도 당연히 제안조차 하지 않았고.

한데 오늘의 자리는 놀랍게도 김건 본인의 제안으로 만들어진 것.

'얘기할 만한 게 없는 건 아닌데…… 굳이 경기 직전에 이럴 만한 일은 아무리 생각해 봐도 없단 말이야.'

김건에 대해, 어쩌면 김신보다도 잘 아는 이도일로서는 당연히 김건을 걱정할 수밖에 없었다.

하지만 이도일의 질문에 김건은 단단하게 답했다.

"예. 제가 하자고 한 건데요, 뭘."

그렇게까지 말하는데 더 이상 삼촌으로 있을 수는 없는 일.
마침내 기자로 돌아온 이도일이 태블릿 PC를 가동시켰다.
"그럼 시작해 볼까? 우리 조카가 왜 인터뷰를 요청했는지."
그리고.
"제목은 이렇게 해 주세요. 이제는 '김신의 아들 김건'이 아닌 그냥 '김건'이 되고 싶다고."
아버지의 그늘에서 벗어나 우뚝 서고자 하는 아들의 포부가 햇빛 아래 드러났다.

기억이라는 것이 시작된 아주 어린 시절부터.
김건은 한 가지 문장을 귀에 인이 박이도록 들어 왔다.

-김건? 네가 김신 선수의 아들이야?

아니, 한 가지 더 있겠다.

-역시 김신의 아들!

뭐가 됐건 그의 이름 앞에는 항상 '김신'이라는 아버지의 이름이 따라다녔다.

사실 처음엔 그게 나쁘지 않았다. 솔직히 말하면 매우 좋았다.

그의 아버지는 메이저리그 역사상 가장 위대한 투수였고.

그는 아버지를 매우 존경하는 착한 아들이었으니까.

하지만 점차 나이를 먹을수록.

그게 점점 불편해졌다.

—김신의 아들이니까.

그가 아무리 잘해도, 사람들은 그보다 아버지를 먼저 보았으니까.

너무 당연하다는 듯이.

차라리 김신이 아들을 친구처럼 대하는, 유하고 살가운 스타일이었다면 별문제는 없었을 것이다.

그러나 김신은 아주 엄한 아버지였다.

—야구 하겠다며. 근데 그 정도로 되겠어?

—거기서 끝이면 네가 그것밖에 안 되는 놈인 거야.

정정.

다른 곳에는 몰라도 야구에 한해서는 엄하다기보다는 혹독하다고 해야 맞을 정도였다.

그래서, 언제부터인지는 모르겠지만 김건은 김신의 아들이라는 칭호가 별로 좋지 않았다.

김신의 아들 김건이 아닌 그냥 김건이 되고 싶었다.

아버지에게 보여 주고 싶었고.

세상 사람들에게 증명하고 싶었다.

그것이 김건이 굳이 경기 직전에 이도일에게 인터뷰를 부탁했던 이유였다.

〈김신의 아들 김건이 아닌 야구선수 김건으로 서겠다!〉

동기부여.

이미 승리하고자 하는 열망은 넘칠 만큼 있지만.

그것만으로는 부족했다.

저 메이저리그 역사상 가장 위대한 투수를 뛰어넘으려면.

그 투수가 아직 최정상에 있을 때 도전해 이기려면.

김건으로서도 배수의 진을 칠 필요가 있었다.

그런 김건의 각오를 접한 야구팬들이 고개를 끄덕였다.

"그럴 수도 있겠네."

"왕의 아들로 산다는 게 쉬운 일만은 아니지."

그러나.

"애군, 애야."

"그러게 말입니다."

"아니, 아버지 그늘에서 벗어나고 싶었으면 더욱 양키스에 왔어야지! 근본도 없는 메츠 놈들 사이에서 뭐가 되겠어?"

시티 필드의 가장 높은 곳.

VIP 룸에 자리한 사람들의 생각은 달랐다.

"이건 건이도 건이지만 메츠 놈들이 부추긴 게 분명해. 감언이설로 꼬드겼겠지. 개자식들!"

"충분히 화제가 될 테니까요. 그러고도 남을 놈들이죠."

호르헤 포사다, 브렛 가드너, 마크 테세이라, 추신서, 조시 도널드슨, 매니 마차도, 호세 아브레유, 애런 저지, 무키 베츠 등 야수들부터…….

마리아노 리베라, C. C. 사바시아, 코리 클루버, 제이콥 디그롬, 셰인 그린, 델린 베탄시스 등 투수들까지.

이제는 일반인이 되어 각자의 인생을 살고 있지만.

이맘때쯤이면 언제나 의기투합하는 양키스 레전드들이었다.

그들이 한마음 한뜻이 되어 김건을 타박하고, 뉴욕 메츠를 씹고 있을 찰나.

"아니, 좀 시즌 끝나고 모이자니까 왜 매번 이러십니까들."

아직도 현역이지만 지금 이 자리에 참석할 수 있는 유일한 남자.

뉴욕 양키스의 배터리 코치, 게리 산체스가 문을 열고 들어왔다.

그 얼굴이 보이자마자 레전드들 중에서도 가장 큰 목소리를 자랑하는 남자가 소리쳤다.

"기사 봤어?"

"무슨 기사요?"

"무슨 기사는 무슨 기사야! 건이 기사 얘기지."

"예, 봤죠."

게리 산체스의 여상한 대답에 데릭 지터가 재차 다그쳤다.

"넌 어떻게……! 아니, 아니다. 그 자식은 뭐래?"

대명사를 사용했지만 누구를 지칭하는지는 모를 수가 없는 인물.

방금 전까지도 그의 공을 받았던 게리 산체스가 찰떡같이 알아듣고 대답했다.

"당연히 기사도 안 봤죠. 아시잖아요. 지금 신이가 다른 거에 신경 쓰겠습니까? 아마 경기 끝나고 보겠죠. 그리고 집에서는…… 캐시를 믿는 수밖에 없지 않겠습니까?"

끄응 소리와 함께 데릭 지터가 타깃을 돌렸다.

"김신 이 자식도 문제야. 빌어먹을 자식! 자기 관리만 할 게 아니라 가족도 챙겼어야지!"

김씨 부자를 너무나도 잘 아는 사람들의 불타는 관심 속에.

점차 전운(戰雲)이 무르익었다.

본디 2003년부터 2016년까지, 월드 시리즈의 홈/어웨이 어드벤티지는 올스타전에서 승리한 리그에 주어졌다.

홈에서 월드 시리즈의 시작과 끝인 1, 2, 6, 7차전을 치를 수 있는 이 어드벤티지는 너무 막대했고.

선수들의 실력이 아닌 부분의 개입을 최소화하기 위해 사무국에서는 2017년부터 룰을 개정, 월드 시리즈 진출 팀 간의 승률로 홈/어웨이를 정하도록 했다.

하지만.

〈점점 떨어지는 올스타전 시청률! 문제는 하나다?〉

반대 여파로 올스타전의 박진감이 크게 상실되면서, 사무국 최대의 이벤트 중 하나인 올스타전이 급격한 내리막길을 탔고.

이에 사무국에서는 부랴부랴 자신들의 실수를 인정하며 룰을 원래대로 되돌렸다.

그래서 2034년, 다시 올스타전 승리 리그가 홈 어드벤티지를 획득하는 시간.

올해의 올스타전 승리는 뉴욕 메츠가 속한 내셔널리그가 차지했다.

즉.

[웰컴 투 메이저리그! 2034시즌의 승자를 가리는 월드 시리즈가 바로 지금! 여기 시티 필드에서 펼쳐집니다!]

1차전 홈 팀은 바로 뉴욕 메츠이고.

[1회 초, 먼저 공격을 펼칠 뉴욕 양키스의 라인업부터 소개해 올리겠습니다. 1번 타자 페르난도 아레스……]

김신보다 먼저, 김건이 그라운드를 밟는다는 소리였다.

양키스의 타선을 읊은 해설진이 메츠의 수비진을 읊었고.

[중견수는 바로 김건 선수입니다!]

드넓은 시티 필드의 외야 중앙에 선 그를 향해 양키스와 메츠를 가리지 않고 모든 뉴욕 팬들의 환호성이 쏟아졌다.

적당한 긴장감, 6개월간의 강행군을 치렀다고는 믿을 수 없이 약동하는 육체, 더 이상 완벽할 수 없는 동기부여.

'와라!'

김건이 타석을 씹어 먹을 듯 바라보았다.

따악-!

[유격수 정면! 1루에서…… 아웃입니다!]

원아웃은 내야에서 처리했다.

뻐엉-!

[삼진! 손쉽게 투 아웃을 엮어 내는 아비게일 페레즈!]

두 번째는 투수가 스스로의 역량으로 마무리했다.

세 번째.

마침내 김건에게 기회가 찾아왔다.

따악-!

[쳤습니다! 큼지막한 타구! 센터 필드! 계속 날아갑니다!]

'이건……!'

생각이 채 끝나기도 전에, 김건의 눈과 다리가 그를 인도했다.

뒤로, 뒤로.

그의 눈앞에 펜스가 나타난 건, 김건에게는 당연한 일이었다.

"흐읍!"

자연스럽게 펜스를 밟고 뛰어오른 김건의 손이 허공에 정확히 정지하고.

투욱-!

그럴 운명이었다는 듯, 김건의 글러브 안에 공이 안착했다.

[잡아냈습니다! 김건! 언빌리버블 캐치! 뉴욕 메츠의 젊은 중견수가 글러브로 1점을 벌어다 줍니다!]

[아비게일 페레즈 선수가 모자를 벗고 인사하네요. 그럴 만하죠. 월드 시리즈 1차전 1회 초에 이런 수비는 1점 이상이에요!]

해설진과 관중의 찬사 속에서 김건이 포효했다.

"우와아악-!"

그리고.

불펜을 뚫고, 건 킴과 또 다른 킴의 눈동자가 마주쳤다.

아들 앞에서는 쉬이 내뱉을 수 없는 아버지의 진심이 흘러나왔다.

"훌륭하다."

그러나 다음 순간.

[피처, 신-! 킴-!]

마운드에 올라온 김신의 표정엔 아들의 활약에 대한 뿌듯함 따위는 흔적도 없었다.

영 킴에게는 회초리를.

뉴욕 양키스에게는 승리를.

당연하다는 듯이, 올드 킴이 팔을 휘둘렀다.

뻐엉-!

23년간 그러했던 것처럼, 심판이 외쳤다.

"스트라이크!"

김신이 알고, 경험했던 첫 번째 2034년과 지금의 두 번째 2034년은 많은 부분에서 달랐다.

나비의 날갯짓과 비교할 수 없을 만큼 거대한 한 사람의 존재는 야구라는 종목 자체를 바꾸기에 충분했다.

그를 닮고자 하는 투수들이 늘어났고, 그에 맞춰 타자들은 투수들을 연구했다.

그리고 그러한 타자들을 다시 투수들이 연구했다.

그렇게 20여 년.

경기력은 점차 높아져 갔고.

원래 생에서는 미식축구, 축구, 농구 등에 크게 밀리며 점차 쇠락했던 야구지만, 지금은 여전히 미국 최고의 스포츠였으며.

메이저리그는 스포츠계에서 가장 많은 돈과 관심이 오가는 빅 마켓이 되었다.

그럼에도 김신은 여전히 뉴욕 양키스의 1선발이었다.

20년이 넘게 그라운드를 누빈 노장이었지만 아직도 가장 많은 돈을 받는 투수 중 하나였으며.

10개가 넘는 우승 반지와 사이 영을 획득한 살아 있는 전설이었고.

심지어는 사이 영 상이 아닌 김신 상으로 바꾸어야 하는 게 아니냐는 소리까지 나오게 만드는 남자였다.

그러면…… 김신은 만족했을까?

아니.

빼엉-!

"스트라이크!"

공이 미트를 파고드는 소리.

이어서 울리는 심판의 경쾌한 스트라이크 콜.

숨길 수 없는 타자의 좌절.

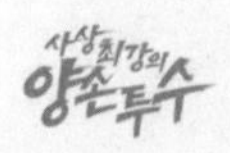

늘 새롭고, 또 새로웠다.

김신은 아직도 배가 고팠다.

마운드에서 공을 던진다는 간단한 행위가 여전히 그에게 극한의 쾌락을 선사했다.

부우웅-!

"스트라이크!"

쌓인 경험만큼이나 육체는 노쇠했지만.

그 안에 담긴 열정만큼은 20년 전과 조금도 달라지지 않은 투수가 공을 던졌다.

뻐엉-!

"스트라이크아웃!"

[루킹 삼진! 김신 선수의 너클볼이 산뜻한 시작을 알립니다!]

물론 달라진 게 아예 없진 않았다.

바로 그의 강력한 에고.

투수조차 탄착 지점을 확신할 수 없는 너클볼 투수가 되었기에.

오히려 김신은 스스로를 더욱더 믿었다.

자신(自信)했다.

이 공이 저 타자를 때려눕힐 것이라고.

나에게 승리를 가져다줄 것이라고.

강력한 믿음이 없이는 던질 수 없는 공이 너클볼이었으니까.

빼엉-!

77.1마일.

김신의 너클볼이 오늘도 주인에게 대답했다.

"스트라이크!"

참 잘했어요……라고.

따악-!

[먹힌 타구! 유격수 정면으로 흐릅니다! 페르난도 아레스! 가볍게 잡아서 1루로- 아웃입니다! 투아웃!]

삼진, 그리고 두 개의 범타.

2034년의 가장 강력한 사이 영 후보자가 팀 배팅 1위에 빛나는 뉴욕 메츠 상위 타선을 꽁꽁 묶었다.

따악-!

[높이 뜹니다! 중견수 기다리다가…… 잡아냅니다! 스리아웃! 뉴욕 메츠의 1회 말 공격이 소득 없이 종료됩니다!]

2회 초.

뉴욕 메츠의 선발투수 아비게일 페레즈가 마운드에 올랐다.

빼엉-!

뉴욕 메츠가 타격의 팀이라는 건 부정할 수 없는 사실이지

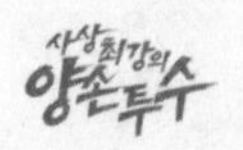

만, 방망이만으로 월드 시리즈에 오른다는 건 어불성설.

팀의 타자들이 폭발할 때까지 묵묵히 자신의 일을 수행했던 투수가 오늘도 조용히 공을 던졌다.

부우웅-!

"스트라이크!"

시티 필드의 VIP 룸에서 연신 탄식이 흘러나왔다.

"아!"

"저기서 저걸 돌리냐!"

"눈으로 보고! 다리 찍고! 허리 돌리고! 응? 이게 그렇게 어렵나?"

10년 전만 하더라도 그라운드에서 연신 투수를 폭격하던 중년들이 각자의 타격 메커니즘을 설파했다.

"저렇게 칠 생각 만만인데 좋은 공을 던져 줄 투수는 없지."

"글쎄. 딱히 밖으로 안 빼도 잡을 수 있어 보이는데?"

"어쩌다가 우리 타자들이 저렇게 됐냐."

"그래도 수비는 잘하잖아."

"그게 참 신기하단 말이야. 신이가 쥐 잡 듯 잡은 거 아냐?"

"그럴지도? 재 성격에 에러 나오면 다음 날 난리 나지."

그 중년들이 가져다준 리드를 굳건히 지켰던 투수들이 혀를 찼다.

하지만 그들의 위치는 이제 그라운드가 아니라 VIP 룸.

그들이 아무리 갑론을박해 봐야 저 아래 펼쳐지는 상황은 바뀌지 않았다.

부우웅-!

"스트라이크아웃!"

[스윙 앤 어 미스! 투아웃이 됩니다! 아비게일 페레즈 선수, 1회 초 마지막에 큼지막한 타구를 허용했었는데요. 전혀 흔들리지 않고 침착하게 잘 던지고 있습니다!]

[사실 아비게일 페레즈 선수가 시즌 중에는 4~5선발로 뛰었지만, 경험이 많은 선수라 이런 큰 경기에서는 하위 선발로 볼 수가 없는 선수입니다!]

아무리 월드 시리즈고, 서비스 타임도 지나지 않은 애송이들이었지만.

고작 상대 팀 4선발에 꽁꽁 묶여 있는 타선이 VIP 룸 꼰대들의 혈압을 치솟게 했다.

"빌어먹을 자식!"

그러나 곧 그 욕설은 누군가를 향한 기대로 바뀌었다.

[하지만 경험으론 이 선수에게 비할 수 없죠! 코디 벨린저! 뉴욕 양키스의 노장이 꽉 막힌 체증을 해결하기 위해 올라옵니다!]

코디 벨린저.

이 자리에 있어도 하등 이상하지 않지만, 아직도 현역으로 뛰고 있는 핀스트라이프.

"지난번처럼 한 방 날려 주라고, 코비!"

"후려갈겨!"

불타는 선배들의 외침을 들은 것인지 코디 벨린저의 시선이 관중석 상단의 VIP 룸으로 향했다.

'한창 씹고 뜯고 맛보고 있겠군.'

아마 코디 벨린저 자신도 범타로 물러나면 분위기는 가히 폭발적이리라.

'그렇게 둘 수는 없지.'

피식 웃은 코디 벨린저의 손이 움직였다.

부우웅―!

"스트라이크!"

[스윙 앤 어 미스! 코디 벨린저 선수가 초구 스트라이크를 헌납합니다!]

[방금은 아비게일 페레즈 선수의 제구가 좋았어요. 정확히 몸 쪽 낮은 코스를 꿰뚫었습니다.]

다시 한번 VIP 룸이 고성으로 가득 찼다.

"야 이 자식아! 너까지……!"

"코비도 늙었군, 늙었어."

그러나 코디 벨린저는 그런 데 신경 쓸 겨를이 없었다.

그의 시선이 아비게일 페레즈에게로 향했다.

'설마 오늘 저 친구…….'

점점 발전하는 세이버 매트릭스 탓에 타격하기가 오늘이 다르고 내일이 다르게 힘겨워지고 있는 건 맞았다.

수비 시프트도 수비 시프트지만, 투수도 타자가 싫어하는 코스로 골라 던지려고 했다.

하지만 그건 제구력이 받쳐 줘야 가능한 일.

본디 아비게일 페레즈에게 그 정도의 제구력은 존재하지 않았다.

그런데.

'미쳐 있는 건가……?'

방금은 달랐다.

우연일지도 모르지만 완벽히 몸 쪽 아래 보더라인에 걸치는 코스. 무릎 부상을 겪었던 그가 가장 힘들어하는 코스로 정확히 제구가 된 공이었다.

코디 벨린저의 뇌리에 범타로 물러나고 돌아온 후배들의 대화가 스쳤다.

—아오! 진짜 엿 같은 코스로만 들어오더라.

—그치? 원래도 그런 편이었던 거 같긴 한데, 오늘 특히 심한 것도 같아.

—그냥 월드 시리즈라서 그런 거 아냐? 쫄았냐?

—쫄기는! 너나 잘하세요, 삼진 씨.

—어쭈?

아직 큰 경기가 낯선 병아리들의 착각이라 여겼는데.

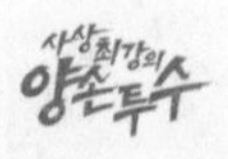

직접 상대해 보니 오랜 세월 수많은 투수를 상대했던 타자의 직감이 꿈틀대고 있었다.

'어디…….'

자신의 판단을 확인하기 위해.

코디 벨린저가 방망이를 억눌렀다.

빼엉-!

[볼! 1-1이 됩니다!]

볼이 되긴 했지만 방금 공을 생각했더라면 헛스윙이 확실했을 스플리터.

코디 벨린저가 헛웃음을 뱉었다.

'거참…… 저 친구도 한 노익장 하는군.'

단기전에서 승리하기 위해 반드시 필요하다는 '미친 선수'.

오늘의 아비게일 페레즈가 바로 그런 상태인 듯했으니까.

물론, 그게 치지 못한다는 소리는 아니었지만.

콰직-!

사선으로 내려찍은 코디 벨린저의 발이 그의 방망이에게 거리를 허락했다.

따악-!

바깥쪽으로 도망가려는 슬라이더를 잡아 챌 수 있는 거리를.

[3유간- 뚫어 냅니다! 여유롭게 1루에 서서 들어가는 코디 벨린저! 뉴욕 양키스의 2034 월드 시리즈 첫 번째 출루가 리빙 레전드, 코디 벨린

저의 손에 작성됩니다!]

"좀 아쉽긴 하지만 역시 코비는 코비야."

"저 정도도 못하면 은퇴해야지."

전국의 핀스트라이프들뿐 아니라 VIP 룸에서도 처음으로 칭찬이 나왔으나, 코디 벨린저의 표정은 밝지 않았다.

'오늘 경기 쉽지 않겠군.'

코스를 예측했음에도 간신히 마지막에 손목을 틀어서야 만든 안타.

제구뿐 아니라 오늘 아비게일 페레즈의 구위도 만만치 않았다.

그의 생각처럼.

따악-!

[유격수 정면! 2루 토스! 아웃입니다! 스리아웃! 뉴욕 양키스의 2회 초 공격이 잔루 1루로 종료됩니다!]

[병살 코스였는데 투아웃이라 병살로 기록되진 않네요.]

뉴욕 양키스의 공격이 금세 끝이 났다.

"저런 개자식! 저기서 저걸 친다고?"

VIP 룸의 육두문자와 함께.

2회 말.

뉴욕 메츠의 공격이 시작되기 전부터 시티 필드가 달아올랐다.

같은 뉴욕 연고지 팀들의 시리즈라는 걸 적나라하게 보여주듯 정확히 반반씩 자리한 양키스 팬들과 메츠 팬들이 모두 가만있지 못했다.

그 이유는 당연히.

[2회 말. 메츠의 선두 타자, 김건 선수가 모습을 드러냅니다!]

부자의 대결이 성사됐기 때문이었다.

해설진이 그들의 전적을 읊었다.

[현재까진 2번 만나서 총 6타수 무안타. 완벽히 김신 선수가 압도하는 모양새입니다만, 사실 이 기록들은 무의미하다고 해도 과언이 아닙니다.]

[그렇죠. 모두 2년 전 김건 선수가 아직 개화하기 전의 기록이고, 김신 선수가 너클볼러로 변신하기 전의 기록이니까요.]

김신이 너클볼러로 변신하고 김건이 제대로 터지기 시작한 2033년, 뉴욕 양키스와 메츠는 페넌트레이스에서 만날 일이 없었고.

뉴욕 양키스가 디비전 시리즈에서 탈락하면서 포스트 시즌에서도 만나지 못했다.

또한 2034년에 와서는 로테이션이 맞지 않아 정면 대결이 불발된 상황.

즉, 오늘의 대결은 월드 시리즈에서 펼쳐지는 부자간 대결이라는 것도 있지만.

재능을 개화한 김건과 너클볼 투수로 다시 꽃을 피워 낸 김신의 대결이라는 측면도 있는 것이었다.

—도망가지 마라.

귓가에 울리는 환청을 흘려 넘기며.

꽈악—!

배트를 거세게 움켜쥔 김건이 타석에 섰다.

그 늠름한 모습에 속으로 활짝 웃은 김신이 손 안의 공을 굴렸다.

'잘 컸어.'

어렸을 때부터 자신이 그리 가르쳤다.

언제나 당당히, 역경을 마주할 줄 아는 남자가 되라고.

도망가지 말고 회피하지 말고 자신이 선택한 자신의 길을 꿋꿋이 가라고.

그가 회초리를 들고자 했던 건, 마인드컨트롤이라는 핑계로 아버지 얼굴도 보지 않고 나가는 걸 교정하고자 했을 뿐.

저렇게 멋지게 스스로의 길을 걷고 있는 아들을 혼낼 생각은 추호도 없었다.

다만 거기까진 아버지로서의 감상.

"흐읍—!"

선수로서 반드시 무너뜨려야 할 타자를 향해.

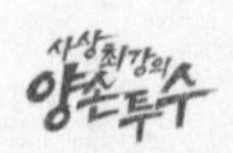

김신의 몸이 약동했다.

이제는 많이 달라졌으나, 여전히 타자를 쓰러뜨리고자 하는 의지로 가득한 오른발이 허공을 유영하다 착지하는 순간.

절정의 폼에 올라 있는 타자의 뇌리에 비상 신호가 울렸다.

'……?'

설명할 순 없지만 뭔가 다른 느낌.

위대한 타자들이 가진 것과 같은 직감.

이제 개화하기 시작한 그 직감에 힘입어, 김건이 나가려던 방망이를 멈춰 세웠다.

빼엉-!

"스트라이크!"

그런데 정작 들어온 것은 평소와 별로 다를 바 없는 76마일짜리 평범한 너클볼.

김건이 미간을 찌푸렸다.

'뭐지……?'

하지만 김건과 달리 뭐가 일어났는지 정확히 알아챈 더그아웃의 베테랑은.

'미안하다.'

사과를 건네는 것이었다.

'우리 캡틴이 진짜 미친놈이라는 걸 깜빡했네.'

고작 아비게일 페레즈의 컨디션을 가지고 불평한 데 대한…….

뉴욕 메츠 전원에게 보내는 사과였다.

'기분 탓……은 아닌 것 같은데.'

원 스트라이크 노 볼.

쉬이 넘길 수 없는 위화감에 김건은 타석에서 물러나 타임을 외쳤다.

그러나 주어진 짧은 시간 동안 아무리 맹렬하게 고민해도 답이 없었다.

그의 판단 안에서는 다를 게 없는 공이었다.

"쯧."

흘러가는 시간에 어쩔 수 없음을 느낀 김건이 결국 다시 타석으로 들어섰다.

그리고 기다렸다는 듯 김신의 공이 날아왔다.

빼엉-!

[이번엔 볼! 1-1이 됩니다!]

76.9마일의 너클볼.

볼이었지만 김건이 느끼는 위화감은 달라지지 않았다.

신중함을 기하려 배트를 내리눌렀기에 망정이지, 휘둘렀다면 절대로 쳐 낼 수 없었을 것만 같은 기분이 그를 사로잡았다.

'도대체 뭐지?'

그렇게 김건이 해결할 길 없는 불쾌감에 미간을 찌푸릴 무렵.

코디 벨린저에 이어 경기장에서 두 번째로 김신이 무슨 짓을 한 건지 눈치챈 게리 산체스가 오랜 세월 지켜봐 온 조카를 측은히 응시했다.

'아무래도 네 아버지가 독하게 마음먹었나 보다, 건아.'

현역에서 물러난 지 얼마 되지 않았기에 눈치챌 수 있었던 변화.

아마 지금 그라운드에 있는 선수들 중에서는 코디 벨린저 정도만이 알 수 있을 사실을 게리 산체스가 읊조렸다.

'타이밍을 조절했어.'

정답이었다.

김신이 행한 일은 간단했다.

그저 피칭 동작을 '조금' 지연시킨 것이었다.

하지만 말로는 간단한 그것이, 실제로는 얼마나 말도 안 되는 행위인지 알고 있는 게리 산체스는 절레절레 고개를 저었다.

'징그러운 자식.'

피칭은 아주 정교한 톱니바퀴와 같다.

하나씩 떼고 생각할 수 없는, 그 자체로 하나인 것이다.

아무리 작은 동작이라도, 그걸 바꾸는 데는 상당한 시간이

소요된다.

자칫하다가는 전체적인 투구 폼을 통째로 건드려야 할 때도 있다.

그런데 저 마운드의 미친놈은 그 짓거리를 쉽사리 해내고 있었다.

심지어 수없이 공을 받아 온 게리 산체스 자신에게조차 숨기고서.

몇 번이고 김신의 이런 깜짝 퍼포먼스를 보아 왔던 게리 산체스는 확신했다.

'보나 마나 오늘 처음으로 쓰는 거겠지.'

필요하다면 미완성인 기술이라도 경기 중에 과감히 사용하는 배짱.

연습 때도 제대로 성공 못 시켰던 걸 실전에서 완성시키는 불가사의한 재능.

김신을 가장 가까이서 보아 왔던 남자의 시선이 마운드로 향했다.

'미친놈.'

그의 옛 캡틴이 김신을 보고 종종 입에 올리던 비속어를 담은 채.

그 시야 속에서, 김신의 세 번째 공이 날아들었다.

부우웅-!

"스트라이크!"

똑같이 타이밍을 속인 그 너클볼에 김건이 헛스윙을 하는 순간.

마침내 VIP 룸에서도 유레카가 터져 나왔다.

"타이밍! 피칭 타이밍이 달라!"

"뭐? 그게 무슨 소린데?"

"김신, 저 자식! 같은 투구 폼에서 타이밍을 조절하고 있다고! 하하, 이런 젠장! 저게 어떻게 되는 거야? 게리는 알고 있나?"

현역인 코디 벨린저나 은퇴한 지 얼마 안 된 게리 산체스보다는 늦었지만 레전드라 불리기에 부족함 없는 관찰력이었다.

"허어…… 그게 된다고? 어떻게?"

"말해 뭐 해? 신이잖아."

타이밍을 조절할 수 있다는 건 조금 과장하면 새로운 구종을 가진 것과도 같은 이야기.

그 사실을 잘 알고 있는 양키스 레전드들이 감탄을 토해냈다.

그러나 모두가 그렇진 않았다.

그 사이에서 유일하게 침착한 남자, 데릭 지터가 한마디를 내뱉었다.

"저놈 저러는 거 한두 번 보나? 그러려니 해."

물론 그도 놀라긴 했지만, 이미 김신에게 놀란 전적이 너무 많은 그에게는 경동할 정도의 일은 아니었다.

갑자기 너클볼러로 전향하겠다고 했을 때 정도랄까?

'그때도 반쯤은 예상했지. 이 정도면 뭐, 상정 범위 안이군. 저 자식이 아들과 대결하는데 아무것도 준비하지 않았을 리 없지.'

데릭 지터가 팔짱을 낀 채 그라운드를 내려다봤다.

하지만 곧 김신의 타이밍 조절에도 놀라지 않았던 데릭 지터의 그 팔짱은 맥없이 풀리고 말았다.

부우웅-!

"스트라이크아웃!"

[스윙 앤 어 미스! 부자의 첫 번째 대결이 아버지의 승리로 끝납니다! 너클볼 네 개로 삼진을 솎아 내는 김신 선수!]

[하지만 아직 끝이 아니죠. 적어도 두 번 정도는 더 기회가 있을 겁니다.]

[그럼요! 다음 대결은 어떻게 될지 기대가 되지 않을 수 없네요!]

김신의 너클볼에 결국 삼진을 당한 김건의 아쉬운 얼굴 다음.

전광판에 아주 익숙한 얼굴이 나타났으니까.

뉴욕 메츠 유니폼을 입은 채, 삼진당한 김건보다 더욱 안타까워하는 묘령의 여성.

VIP 룸의 누군가가 그녀의 이름을 흘렸다.

"벨라……?"

벨라 지터.

핀스트라이프가 아닌 상대 팀의 유니폼을 입고 있는 딸자식의 모습에 데릭 지터의 얼굴에 혈기가 치솟아 올랐다.

'빌어먹을 메츠!'

데릭 지터가 대형 전광판에 비친 딸아이의 모습에 격동하며 애꿎은 뉴욕 메츠를 씹고 있을 그 시각.

마찬가지로 자식에게 눈동자를 못 박느라 며느리가 될지도 모르는 조카(?)의 얼굴을 놓친 김신이 뇌까렸다.

'어떠냐, 이 아비의 선물이.'

피칭 타이밍 조절.

그것은 데릭 지터의 예상대로 아들을 위해 준비한 김신의 선물이었다.

더그아웃으로 들어가는 아들의 등에 대고, 아버지가 격려를 보냈다.

'자랑스러워해도 된다. 이런 신무기까지 쓸 정도로 네가 대단한 타자라는 의미다.'

거침없이 사용하긴 했지만 타이밍 조절은 김신에게도 미완성의 검이었으니까.

'다음에는 좀 더 빠르게 보여 주마.'

이미 한 번 성공한 신무기의 다른 버전을 떠올리며.

김신이 다시 홈플레이트로 시선을 돌렸다.

빼엉-!

"스트라이크!"

그 무렵, 아버지의 격려를 알 리 없는 아들은 더그아웃에서 동료들에게 질문을 던지느라 정신이 없었다.

"진짜 이상한 거 못 느꼈어?"

"못 느꼈는데?"

아무리 첨단 기기가 일반화된 2034년이었지만, 경기 중인 더그아웃에서 정밀한 현장 분석을 하는 건 금지된 사항.

눈과 귀, 감각만으로 베일을 파헤쳐야 하는 김건은 혼란에 빠져 있었다.

심지어 젊은 팀인 뉴욕 메츠의 특성상 코디 벨린저처럼 즉각 이상을 느끼고 전달해 줄 베테랑도 마땅히 없었으니 더욱.

그렇게 김건이 스스로의 힘으로 해결해야만 하는 난관에 봉착한 사이.

빼엉-!

뉴욕 메츠의 2회 말이 삭제됐다.

"렛츠 고-!"

아버지에게 정답을 물어보고 싶은 기분으로.

김건이 그라운드로 향했다.

3회 초.

뉴욕 메츠의 투수는 당연히 코디 벨린저가 '미친 선수'라 평가한 바 있는 남자, 아비게일 페레즈였다.

아비게일 페레즈가 흘깃 전광판을 훑었다.

0밖에 없는 김신의 것과는 달리 끝에 보이는 1이라는 숫자가 아비게일 페레즈의 눈을 파고들었다.

직전 이닝 코디 벨린저의 출루로 인해 기록된, 오늘 경기 그의 첫 번째 오점이었다.

하지만 그게 결코 아비게일 페레즈를 흔들지는 못했다.

어차피 그와 김신은 비교하기도 민망한 수준이 아닌가.

아비게일 페레즈의 눈동자가 정말 중요한 숫자를 찾았다.

0.

오늘 그가 단 한 점도 내주지 않았다는 표식.

'이 정도면 충분해. 잘하고 있어.'

1회에는 큼지막한 홈런성 타구를 맞았고.

2회에는 안타를 허용했어도.

어쨌든 점수는 0.

아비게일 페레즈가 되뇌었다.

'한 이닝만 더…….'

애초부터 뉴욕 메츠 구단이 아비게일 페레즈에게 바란 건 김신과 같이 5이닝, 6이닝 이상씩 책임지는 선발의 모습이 아니었다.

챔피언십 시리즈에서의 난전으로 소모된 상위 선발들의 체력 회복 시간을 벌고, 불펜 투수들의 혹사를 최소한으로라도 방지하기 위한 수.

3이닝만이라도 무실점으로 틀어막으면 대성공인 인선.

그게 바로 아비게일 페레즈였다.

메이저리그에서 13년.

이제 초년 차의 패기는 없지만, 주어진 역할만큼은 충실하게 해내고자 하는 가장이 공을 들었다.

그의 앞에 뉴욕 양키스의 8번 타자, 에드윈 볼레르가 있었다.

'8, 9, 1번.'

임무 완수까지 남은 아웃 카운트는 셋.

눈앞에 있는 건 예전 어느 순번도 쉬어 갈 수 없었던 시절과 달리 충분히 쉬어 가도 될 만한 타선.

하지만 이런 큰 경기에서 그런 생각은 곧 파국이라는 걸 잘 아는 베테랑이 신중히 공을 던졌다.

빼엉-!

속구, 스플리터, 체인지업, 다시 속구.

너클볼을 받기 위해 영입됐으나 부실한 방망이 탓에 김신의 출전일을 제외하곤 뜨겁게 벤치를 달구는 남자, 에드윈 볼레르가 고개를 떨궜다.

[삼진! 아비게일 페레즈, 벌써 세 번째 삼진! 오늘 이 선수, 뭔가 일을 낼 듯한 기세입니다!]

[아주 훌륭한 피칭을 펼치고 있어요. 무려 월드 시리즈 1차전에서 페넌트레이스보다 나은 모습을 보여 주는 아비게일 페레즈 선수입니다. 어쩌면 이 선수가 어디까지 막아 주느냐가 이번 경기를 풀어 나갈 키가 될 수도 있겠습니다.]

그리고 그라운드를 지켜보는 대부분이 오늘 경기 뉴욕 양키스 타선의 깍두기라 부르는 순번이 돌아왔다.

[나우 배팅……]

오늘 경기장은 뉴욕 메츠의 홈구장 시티 필드.

그 말인즉슨 내셔널리그 룰로 경기가 진행된다는 뜻이고.

결국 오늘 뉴욕 양키스의 9번 타자는.

[넘버 92! 신-! 킴-!]

김신이라는 소리였으니까.

[김신 선수가 첫 번째 타석에 들어섭니다!]

하지만 대부분이 아닌 소수.

김신을 오랫동안 지켜봐 온 사람들의 생각은 조금 달랐다.

'김신이니까.'

무슨 일을 만들어 낼지 예측이 불가능한 남자가 타석에 있었으니까.

[아비게일 페레즈, 초구!]

그런 생각을 공유하는 한 사람, 아비게일 페레즈의 추호도 방심하지 않은 공이 홈플레이트로 쏘아졌다.

뻐엉-!

"스트라이크!"

91.7마일의 속구.

손을 낼 엄두조차 못 내는 듯한 김신을 일별하며, 아비게일 페레즈가 확신했다.

'방심만 안 하면 안 맞는다.'

어차피 이번 이닝이 지나면 출루 한 번으로도 교체될 몸.

아비게일 페레즈가 전력을 다해 공을 던졌다.

뻐엉-!

어퍼 스윙을 장착한 현대 타자들에게 요행으로 쳤다는 말이 가장 성립하지 않는 공, 하이 패스트볼.

"스트라이크!"

투 스트라이크.

그러나 아직도 경계를 늦추지 않은 아비게일 페레즈는 포수의 반대를 무릅쓰고 유인구를 섞었다.

뻐엉-!

83마일.

좌타자인 김신의 무릎 아래로 떨어지는 서클 체인지업.

김신의 방망이는 계속해서 미동도 없었다.

[볼! 아비게일 페레즈 선수가 유인구를 섞는군요. 신중합니다.]

[아무래도 김신 선수가 이런 상황에서 몇 번 홈런을 때린 전적이 있지 않겠습니까?]

마지막 안전 점검까지 마친 아비게일 페레즈가 그제야 결정구를 던졌다.

상대 팀조차 존경하지 않을 수 없는 위대한 투수에게 휴식을 부여하고자 했다.

쐐액-!

던지자마자 알 수 있는, 오늘 경기 가장 완벽한 공.

아비게일 페레즈의 뇌리에 미래가 그려졌다.

움직이지 않는 방망이와 스트라이크존에 정확히 틀어박힌 공, 삼진으로 물러나는 타자가.

아비게일 페레즈뿐 아니라 김신을 오래 지켜봐 온 사람들마저 같은 미래를 떠올렸다.

'이런 상황에서는…….'

하지만.

부우웅-!

2년 차 MVP에 이어 3년 차에 백투백 MVP를 노리는 김건의 재능은 어디에서 왔는가.

김신의 방망이가 그 답변을 내놓았다.

따아아아아악-!

"……!"

청아한 타격 음과 함께, 방금 전과 마찬가지로 아비게일 페레즈의 뇌리에 미래가 그려졌다.

담장을 넘어가는 공, 환호하는 핀스트라이프들.

천천히 그라운드를 도는 92번.

다음 순간, 그 그림이 움직였다.

[오 마이 갓—! 홈런! 홈런입니다—! 김신 선수의 솔로 홈런! 선발투수가 스스로 선취점을 올립니다—!]

어쩌면 타자로 뛰었어도 대성했을지 모르는.

거대한 재능의 편린이 반짝였다.

김신의 타구가 중앙 담장을 넘어가고.

공을 쫓던 중견수 김건과 관중 사이에 섞여 있던 벨라 지터의 표정에 낙담이 새겨질 무렵.

양키스 팬 커뮤니티는 폭발했다.

—아 ㅋㅋ 김신 MVP 타자로 딴 거였냐고 ㅋㅋㅋㅋㅋㅋㅋㅋㅋㅋ

—MVP 타자 아들 앞에서 투수 아버지가 홈런 쌔림 ㄷㄷ; 그게 팀의 월드 시리즈 첫 득점 ㄷㄷ;

—원래부터 김신이 타격 쪽으로도 재능 있긴 했지. 왕년의 실버슬러거 아니냐, 실버슬러거.

물론, 경기장에 비할 바는 아니었지만.

“@*(#$)^@—!”

도저히 제대로 알아들을 수 없는 뉴욕 양키스 팬들의 광기

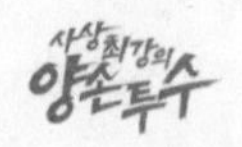

에 가까운 흥분이 뉴욕 메츠의 홈구장, 시티 필드를 진동시켰다.

그 사이로.

타닥– 타닥–!

김신은 천천히 그라운드를 돌았다.

만 40세를 훌쩍 넘긴 전설의 앞에서 속도가 느리다며 타박할 정신 이상자는 존재하지 않았다.

오히려 김신이 편히 갈 수 있도록 길을 비켜 줬으면 모를까.

스윽–.

빈볼을 던지거나 더티 플레이를 하고도 사과하는 일이 거의 없는 메이저리그라고는 믿을 수 없는 제스처들이 이어졌다.

당연히 자신들을 응원해 주는 홈팀 팬들을 생각해 큰 동작을 보이진 않았지만.

뉴욕 메츠의 베이스맨들은 바로 앞에 있는 김신만큼은, 팀 동료 김건의 아버지이자 살아 있는 레전드만큼은 충분히 알 수 있을 정도로 깊이 존경을 표시했다.

고개를 까딱이고, 손으로 가슴을 슬쩍 짚고, 모자챙을 어루만졌다.

스윽–.

김신도 마찬가지로 작게 고개를 끄덕이며 그 인사를 받

았다.

–와, 메츠 애들도 인사하는 거 봐라……. 가슴이 웅장해진다…….

지켜보는 팬들마저 가슴이 떨릴 정도의 광경.

산전수전을 다 겪은 김신 또한 고양되지 않을 수 없었다.

하지만 김신은 거기서 멈추지 않았다.

월드 시리즈에서 홈런을 때려 냈다는, 상대 팀마저 그에게 존중을 표한다는 데서 오는 흥분과 고양감을 다음 스텝으로 연결시켰다.

그곳에 자리한 것은.

'홈런이라 다행이군.'

안타였다면 주루 플레이를 하느라 체력을 소진했을 텐데, 그냥 그라운드를 선선히 돌기만 하면 되는 홈런이라 천만다행이라는 냉철한 안도와.

'그래도…… 아마 6회 이상 던지긴 힘들겠군.'

그걸 계기로 한 스스로에 대한 명확한 진단.

그리고.

'할 수 있는 데까지. 어떻게든.'

승리를 위해 모든 걸 쏟아붓겠다는 각오였다.

이제는 오늘보다 내일이 더 약한, 계속해서 약해져 가는

신세가 되었지만.

그렇기에 남은 그의 인생에서 가장 강할 오늘에 처절할 만큼 임해 온 남자가 더그아웃으로 사라졌다.

그러나.

빠엉—!

경기는 그의 생각처럼 풀리지 않았다.

"스트라이크—!"

6회 말.

여전히 마운드에 굳건히 서 있는 김신을 바라보며 뉴욕 양키스 팬들이 숨을 죽였다.

[6회 말 투아웃, 주자 없는 상황. 점수는 계속해서 1–0. 뉴욕 양키스가 한 점 차 살얼음판 리드를 지키고 있는 가운데, 뉴욕 메츠에서 대타를 기용합니다!]

[적절한 판단입니다. 아비게일 페레즈 선수가 잘 던져 주고 있긴 하지만 5회 초부터 많이 흔들렸거든요. 사실 5, 6회를 무실점으로 막은 건 운이 좋았죠.]

지친 투수, 아비게일 페레즈를 대신해 나온 뉴욕 메츠의 타자가 걱정되어서?

그럴 리가.

정답은 전광판에 있었다.

1에서 6까지의 숫자 아래도. R, H, E, B라는 영문자 아래도 모조리 0밖에 없는 전광판.

또한 그라운드에 있었다.

6회 말 투아웃, 주자 없는 상황에 타순이 9번 투수 타석인 이유.

뉴욕 메츠가 투수 교체를 위해 울며 겨자 먹기로 대타를 기용하는 까닭.

그건 모두 한 가지를 의미했다.

부정 탈까 입으로 내뱉지도 못하는 '그것'.

"제발……."

"신이시여……."

핀스트라이프들이 혹시나 들릴까 낮고도 낮은 목소리로 저마다의 신을 찾아 헤맸다.

다음 순간, 누군가는 분명히 불렀을 신의 공이 쏘아졌다.

빠엉-!

"스트라이크!"

74.6마일의 너클볼.

구속에서부터 경기 초반에 비해 확연히 지쳐 있다는 게 보였지만, 여전히 나풀거리는 나비가 스트라이크존을 찔렀다.

부우웅-!

술래잡기하듯이, 타자의 방망이를 피해 달아났다.

뻐엉-!
"스트라이크아웃!"
그리고 마침내 자신의 소명을 다한 순간.
"후아……."
뉴욕 양키스 팬들의 입에서 참았던 숨이 터지고.

-진짜 가나? 이번엔 진짜 가나?

팬 커뮤니티가 들썩였다.
6이닝 무실점.
1루 베이스를 밟은 타자, 0명.
김신이 마운드에서 내려갔다.

데뷔전 퍼펙트게임을 기록하며 화려하게 메이저리그에 상륙한 데뷔 시즌부터 10년간의 영광스러운 시간 동안.
김신을 바라보며, 팬들은 항상 어떤 기대를 품었다.

-두 번째 퍼펙트게임도 곧 나오겠지?

메이저 역사에 존재하지 않는 한 투수의 2회 퍼펙트게임

기록.

그게 곧 김신에 의해 달성될 거라는 기대를.

실책 때문에, 단 한 번의 피안타 때문에, 오심 때문에, 석연찮은 사구 때문에.

아깝게 김신이 퍼펙트게임을 놓쳐도 그들은 그 기대를 놓지 않았다.

–언젠간 하겠지. 그렇지 않겠어?

퍼펙트게임에 근접한 경기를 몇 번이고 보여 주는 김신이었으니까.

〈김신, 통산 세 번째 노히터 달성!〉

하지만 그들의 기대는 충족되지 않았다.

세 번의 노히터를 기록했지만 정작 퍼펙트게임은 나올 듯 나올 듯 나오지 않았다.

대신 등장한 건.

〈김신, 오른쪽 어깨 심각한 부상? 장기 DL 확정!〉

스위치 피처 김신을 더 이상 볼 수 없다는 소식뿐.

—……내 눈이 제대로 된 거 맞냐? ×발 저게 맞냐고!

팬들은 좌절했지만.

〈스위치 피칭은 끝났지만 김신의 시대는 끝나지 않았다!〉

곧 일어나 아무 일도 없었던 것처럼 리그를 지배하는 김신의 모습에 다시금 기대를 품을 수 있었다.

그러나 계속해서.

꿈은 이루어지지 않았다.

〈9회 초, 통한의 피안타! 김신, 또다시 퍼펙트게임 좌절!〉

몇 번이고 다시 이전의 아쉬움이 반복됐다.

그렇게, 긴 세월이 흘러 2033년.

〈김신, 너클볼러로의 깜짝 변신!〉

팬들은 김신에게 이제 두 번째 퍼펙트게임을 기대하지 않았다.

아니, 기대하지 못했다.

스스로의 공을 세밀하게 컨트롤할 수 없는 너클볼러에게

퍼펙트게임이란 존재하지 않는 유토피아나 다름없었으니까.

그런데.

그 희망이 무려 월드 시리즈에서.

야구팬들로 하여금 돈 라슨이라는 평범한 투수를 세세토록 기억하게 만든 그 무대에서 반짝이고 있었으니.

—실화냐? 월드 시리즈에서? 이게 이렇게 된다고?

—아 ㅋㅋㅋㅋ 김신이자너~ 드라마 없이는 기록 안 세우자너~.

숨겨 왔던 팬들의 미련이 폭발하는 것도 당연한 일이었다.

—이대로 '그거' 하면 돈 라슨하고 필 니크로하고 천국에서 눈물 흘릴 듯. 물론 의미는 다르겠지만.

버드 셀릭에게서 커미셔너 자리를 물려받은 롭 만프레드는 그 상황을 절찬리에 이용했다.

〈속보 : 김신, 월드 시리즈에서 역대급 기록 도전!〉

기사를 내보내고.

[지금 엄청난 소식이 들어왔습니다! 뉴욕 양키스의 김신 선수가 무려 월드 시리즈에서……]

가능한 모든 채널에 나팔수를 동원했다.

그리고.

따악-!

[센터 필드-! 중견수 이동하다가…… 잡아냅니다! 스리아웃! 공수 교대! 경기는 이제 7회 말로 갑니다! 여기는 시티 필드, 점수는 여전히 1-0입니다!]

그렇게 모인 관심 속에서.

저벅- 저벅-.

믿음을 이름으로 삼는 남자가 모습을 드러냈다.

지난 23년과 한 치도 다름없는 모습으로.

[7회 말 뉴욕 메츠의 공격! 1번 타자 아둔 버넷 선수부터 시작되겠습니다-!]

7회 말.

터억-!

전담 포수, 에드윈 볼레로의 공을 받아 든 김신이 평소처럼 스스로를 관조했다.

'육체는 분명히 한계에 가깝다.'

팀의 공격 동안 잠깐의 휴식을 취했지만, 예상했던 대로 체력은 이미 바닥에 내려앉아 있었다.

아마 너클볼 구속은 70마일 초중반.
포심도 80마일 중반을 넘으면 다행이리라.
2034년 가을, 경기 후반부에 몇 번이고 느껴 왔던 그대로였다.
그러나 육체가 아닌 다른 부분에서.
2034년 가을의 자신이 아니었다.
'집중력이 살아 있는 게 신기하군.'
집중력.
바닥까지 떨어져 내리는 체력과 함께 휘발되어야 했을 터인 고도의 집중력이 유지되고 있었다.
마치 찬란한 젊은 날처럼 쉬고자 하는 몸을 채찍질하고 있었다.
'이런 건 6~7년 전쯤 이후 처음인 것 같은데.'
나이를 먹으면서 잃어버렸던 많은 무기 중 하나의 익숙한 감각에 김신이 씨익 웃었다.
이유? 상관없다.
지금은 그런 걸 분석할 때가 아니니까.
그저, 이용할 때.
"흐읍-!"
40대의 육체 위에 겹쳐진 20대의 집중력이 손을 들어 올렸다.
뻐엉-!

"스트라이크!"

1점 차 승부, 지쳤으나 기록 탓에 올라온 투수.

역전의 발판을 건설하려던 뉴욕 메츠의 리드오프가 무릎을 꿇었다.

따악-!

팀 내 최고의 해결사에게 기회를 연결하려던 테이블세터가 높이 떠오르는 공을 허망하게 바라보았다.

물론, 아무리 그래도 육체까지 젊은 시절로 돌아갈 순 없었기에 가끔 위험한 상황이 연출되긴 했으나.

[3유간-! 맙소사! 페르난도 아레스! 맨손 캐치! 곧바로 1루에-! 아웃입니다! 뉴욕 양키스의 유격수가 월드 시리즈에서마저 묘기를 선보입니다!]

방망이는 몰라도 글러브만큼은 믿을 만한 핀스트라이프들이 캡틴의 등 뒤를 견고히 지켰다.

삼자범퇴.

7회 말이 순식간에 지나갔다.

그리고 8회 말.

여전히 김신의 집중력은 사그라들 줄 몰랐고.

뻐엉-!

"스트라이크아웃!"

[삼진! 여기서 다시 삼진입니다! 김건 선수가 오늘 아버지 앞에서 맥을 추지 못합니다!]

가장 걱정했던 MVP 타자마저 삼진으로 무릎 꿇리는 순간.

김신을 향한 팬들의 간절한 소망은 점점 실체화되어 갔다.

따악–!

3루 땅볼.

남은 아웃카운트는 4개.

뻐엉–!

삼진.

남은 아웃카운트, 3개.

9회 말.

관중들도, 선수들도, 해설진도, VIP 룸의 레전드들도.

역사적인 순간을 맞이하기 위해, 경기장에 자리한 모두가 자리에서 일어났다.

따악–!

좌익수 플라이.

2개.

따악–!

2루 땅볼.

마침내, 하나.

그때였다.

'……?'

흘러내린 땀에 눈을 깜빡이는 순간, 김신의 집중력이 거짓말같이 사라졌다. 흔적도 없이.

마치 누군가 그의 위업을 방해하려는 것처럼.

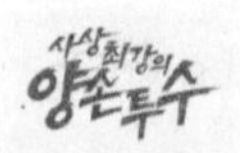

하지만.

"후우……."

한 번 숨을 고른 김신은 지체 없이 몸을 움직였다.

'나는…… 김신이다.'

그의 손끝에서 그 누구도 종착지를 알 수 없는 공이 쏘아졌다.

따악-!

그 공이 향한 곳은.

[높이 뜹니다! 아아-! 김신-!]

하늘을 향해 치켜든 김신의 오른손 글러브 안이었다.

"빠빠! 빠빠!"

"아이고, 그래. 이 아빠한테 오렴."

이제 막 말을 떼기 시작한 유아를 끌어안는 김신에게, 데릭 지터가 핀잔을 건넸다.

"아니, 손자보다 어린 아들이 말이 되냐?"

"안 될 거 있습니까? 캡틴도 이맘때쯤 셋째 낳지 않으셨어요?"

"그거랑 이건 다르지!"

"하나도 안 다릅니다."

자신의 말을 귓등으로도 듣지 않는 사돈의 모습에 혀를 차던 데릭 지터가 넌지시 물었다.

"그래서, 언제까지 할 건데?"

그에 따사로운 봄 햇살을 받으며.

김신(金信)이 답했다.

"글쎄요. 앞으로 10년은 더?"

《사상 최강의 양손 투수》 마칩니다

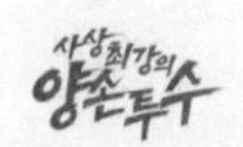